黄昏,登烽火山	026
严恭山	028
乌桕树	030
庙宇山的池塘	032
苍　鹰	033
旧事一种	034
往　昔	036
小河沿	037
黎　明	038
午夜下了薄薄的雪	039
春　夜	041
丧　失	043
漫　步	044
蜜	045
山峦上的溪水	046
请　求	048
黄　昏	049
群　山	050

第二辑　枫树,有关我的故乡

凉　亭	053
枫香驿	055
白石坡	057
瓦	059

枫香驿

祝凤鸣 著

时代出版传媒股份有限公司
安徽教育出版社

图书在版编目（CIP）数据

枫香驿 / 祝凤鸣著. —合肥:安徽教育出版社,2023.6
ISBN 978-7-5336-9463-0

Ⅰ.枫⋯　Ⅱ.①祝⋯　Ⅲ.诗集－中国－当代
Ⅳ.I227

中国版本图书馆CIP数据核字（2022）第004993号

枫香驿
FENG XIANG YI

出 版 人：费世平
策划编辑：何　客
责任编辑：何换生　金　雯
装帧设计：彭振威设计事务所
美术编辑：吴亢宗
责任印制：陈善军

出版发行：安徽教育出版社
地　　址：合肥市经开区繁华大道西路398号　邮编：230601
网　　址：http://www.ahep.com.cn
营销电话：(0551)63683012,63683013
排　　版：安徽时代华印出版服务有限责任公司
印　　刷：安徽新华印刷股份有限公司

开　　本：880 mm×1230 mm　1/32
印　　张：9.75
字　　数：193千字
版　　次：2023年6月第1版　2023年6月第1次印刷
定　　价：68.00元

(如发现印装质量问题,影响阅读,请与本社营销部联系调换)

目 录

序 凤鸣在竹 梁小斌

我与诗,一份回忆 祝⃞

第一辑 一 日

一 日
初生之夜
秋分之歌
童 年
感恩的春天
花 开
红狮岭
凌 晨
青桑地
往 事
日光里
春末的下午
石门涧

桃	061
乡村冬夜	062
初夏之忆	063
正月的美丽	065
古老的春天	067
流星纪事	068
音　讯	070
白　夜	071
芦花村	073
杨柳岸	075
田　亩	076
鸟　巢	078
河湾里	080
冬天，在我的家乡	081
庙宇山之秋	083
红眉鸟的春天	085
归　乡	087
清水塘	089
瞬　间	091
棠梨树	092
县　城	094
初秋的池塘	096
初　春	098
清　明	100
枫树，有关我的故乡	102

旧地的回声	106

第三辑　青　春

芦苇的叶子	113
湖　畔	115
紫罗兰的问候	116
炊　烟	118
旧日的居所	119
怀　念	121
记　忆	122
圣诞夜	124
柿　子	125
火　炉	126
远去的秋天	127
心的影子	128
眺　望	129
又是二月	131
重返旧居	132
河　边	133
沼泽地	134
初　雪	135
所　见	136
暴雨之夜	137
青　春	139

图案	140
哀歌	142
二月丘陵	147

第四辑 爱的证据

自责	151
荒芜	152
爱的证据	154
苦艾诗	156
返回	157
子贡岭	158
仪式	160
偶遇	162
纺织品商店	164
短松岗	166
夏日，乡村师范	167
寺前即景	169
合肥，南郊之春	171
120路公共汽车	172
万家灯火	174
山居杂记	175
初春，明教寺	177
耸壁寺	179
三仙庵	180

欢　乐	181
六朝铜镜	182
麒麟颂	183
春节回家	184
公　园	185
即　景	186

第五辑　芒果树

雨	189
石　头	191
天鹅星座	193
流　星	195
明月夜	197
鸡冠花	199
鹅	201
鸟　群	203
天琴座的诞生	204
庭　院	206
亡　灵	207
芒果树	209
星光下的十字架	210
持烛者	211
夜　歌	212
顶　端	214

下雪的夜晚　　　　　215

昼夜平分时　　　　　216

荒　地　　　　　　　217

夹竹桃　　　　　　　218

马和冬天　　　　　　220

春　天　　　　　　　222

对　话　　　　　　　223

生　存　　　　　　　225

番　茄　　　　　　　226

去年的月亮　　　　　227

第六辑　昨夜的星

安徒生在意大利　　　231

秩　序　　　　　　　233

夏　天　　　　　　　234

昨夜的星　　　　　　236

倾　听　　　　　　　237

灯　火　　　　　　　238

盲　女　　　　　　　239

雪夜去看父亲　　　　240

砌墙的手　　　　　　241

火　灾　　　　　　　242

四　月　　　　　　　243

樱花与波光粼粼的水面　244

桥上印象	245
柏树桥	246
乡村之祭	248
茶	250
忆往昔	251
白崖寨	252
南　山	254
那年水灾	255
屋　檐	256
绣蝴蝶的地方	257
祝　福	259
槐花飘落	261
降雪之前	263
为糯米而作	264
读油画《坐着的恶魔》	266
一年三熟	268
小池塘	271
春日迟暮，我的小村	272
节日之喜	273
乡村，正午之光	275
南方村庄	276

跋　追忆 祝凯鸣　　277

序　凤鸣在竹

梁小斌

　　树巅，一只锦鸡在发光
　　它曳着单腿，生死鸟

　　清凌凌的池塘里
　　黑龟漫游，忆起前世

　　更深的波光中
　　是山间小庙橙黄的倒影……

　　野狐来饮水了
　　突然，池水像一把惊醒的扇子
　　急遽收起——

　　万物聚会，紧紧纠缠

风景和时光难分难离

——《庙宇山的池塘》(1995年11月)

凤鸣,我的诗友。在结识凤鸣之前,我仅是一个活在城市里的诗人。初见凤鸣,他向我描述了许多城外之事。譬如说,庙宇山的池塘、锦鸡,这两组词在发光,凤鸣在诗中写道,"锦鸡在发光",这个"锦鸡在发光"令我印象深刻。在庙宇山四周,凤鸣曾和我谈到了那只乌龟,他想在捞起的乌龟背上刻字,却意外地发现甲骨上已经刻有字。于是凤鸣在徘徊,他准备等待甲骨上的名字消褪之后,重新刻下自己的名字,然后憧憬着放归。凤鸣的原话如下:"我没有料到甲骨上陌生人的姓名,在我私养乌龟的日子里,没有褪去,我面临着重大的抉择,是放归乌龟还是继续饲养着它,让它成为我的家客。"凤鸣还谈到了野狐。我是个眼睛近视的诗人,如能见到夜猫就倍感兴奋,世上还有野狐,闻所未闻,但凤鸣提及这些如数家珍。

已经成为脍炙人口的"母亲手中的油灯"照耀我心,当然先是照耀凤鸣。我猜测母亲手中的灯,大概就是指一碗菜籽油上面的寸草燃烧的小小火炬。这位诗人屹立在大自然面前所陈列的所有"道具"或者说所有生态"图谱",平心而论由凤鸣告知。

中国古人的确已有乡土诗意象,那里的"道具"是耕牛、杏花村,还有"夜来南风起,小麦覆陇黄"。但是凤鸣重新活在他自己的乡土世界里,他重新排列着"道具":

请求樟树,树下的人
抬起秋天玄色的棺材

请求死者复活
用肩膀把我扛到山上
请求山上的人们记住我

还有母亲
和我爱的人

一束斜斜的月光
把黑色的柳树
推倒在地上

阴影一动不动
天很晚了,我想独自走走

请求我的船划过中午
消失在明亮而辽阔的海水中
——《请求》(1989年12月20日)

凤鸣道:"请求樟树,树下的人/抬起秋天玄色的棺材。"樟木可以做地下长眠人的床,谨慎地说这不是什么重大发现,但从这里开始,将棺木气息演绎成诗情的发端。而且,诗句被铺设得小心谨慎,凤鸣的确做到了:

朝北的路通往京城
汗淋淋的马在这里更换

少年时我从未见过马
通过我们家乡的驿道

秋天来了，红色的叶子落满路面
枫香驿，在以往的幸福年代

稻田里捆扎干草的
农家姑娘

在一阵旋风过后
总是想象皇帝的模样

我的乡亲们都是穷人
孩子是穷人家的孩子

驿道一程又一程
没有一个人能走到底啊

夜色里飞驰而去的消息
都是官家的消息

随后是冬天，飘雪了

枫香驿便渐渐沉寂下去

在一片寒冷的白色里
很少听得见马蹄哒哒的声音
——《枫香驿》（1989年11月29日）

  凤鸣的意境里面本来应该有马，但是他在意境通感里，却将那匹"马"从意境的成员里单独牵了出来，并予以阐述。"京城"这两个字，大概指的不只是地理位置上朝北的城市。而是说世界观和艺术观要有一个中心，确认它在什么位置。古代中国从此出发的唯一"道具"就是马，后来丰富一点，变成马车，马车停歇处就有了驿站，这也许就是凤鸣心中一直停留的"枫香驿"。但是他却又为何说："我从来没有见过马？"
  凤鸣到底见没见过马值得研究，将一个曾经见过马说成是从未见过，这里面的区别是什么？
  我想，在听说凤鸣之前我的确没见过凤鸣。世间的道理像是先有马这个名称，然后才有马。而他将听说的世界万物，包括马车写得像是见过一样。这就不是简单理想主义的外化，也不是实现理想。顺着诗垒之外，凤鸣和理想之树——樟树同在。
  凤鸣懂得"更换"，诗人的有生之年没有来得及为"更换"正名，因此可以大胆地猜测，凤鸣对那匹马的来龙去脉和它所干的活，和它站着"睡觉"的憧憬是持否定态度的。任何事物或者生物的原生态是什么模样，就应该肯定它的模样。凤鸣肯定认为是什么就是什么，不要改变或期待它的成长。

　　凤鸣的孤独感和宿命感应当引起诗坛足够注意。

　　他的笔下的确充满牧歌气息，诗人究竟应该像什么，他还在犹豫。如果说凤鸣就是光，他要提供证据证明，如果说他是小草，更不能随便涂鸦，小草的存在也得谨慎证明。凤鸣信仰形成的前期，我认为已略见信仰的端倪，信仰的胚胎里允许孤独。

　　我曾经与凤鸣共餐，吃剩的菜盆子里，还有油脂和苹果汁。凤鸣指着菜盆子启发着我："这个盆子得足够脏，我们才能洗涤。"任何事物变化之前，都应该有它的充足理由。

　　凤鸣的确博览群书，在一次饭后闲聊之中，他问我："你知道鼓掌的来历吗？"我当然不知道。凤鸣说，从黑暗中走过来的敌人，我们面对他首先不是喊缴枪不杀，因为看不清，因此有一位诗人气质的战士喊道："鼓掌过来！"这边我们就能判断他手上有没有枪。这就是凤鸣对鼓掌来历的着迷，与他的诗歌现象学探索同出一辙。

　　相信凤鸣仍然健在，凤鸣仍然成长在万物有灵的诗歌征途上。万物有灵不是一句空泛的口号。他要从第一个物，比如从乌龟开始说起，他万物有灵的根基是乡土，万物有灵弄得不好，容易变成宿命。中国古诗迄今为止，仍在"牧童遥指杏花村"这个意境中沉睡，凤鸣由此惊醒。有诗论认为他的诗过于宁静，我倒认为他的诗已触摸到宁静的底蕴。要捕获凤鸣底蕴的鱼，要到在夸西莫多、博尔赫斯、柏桦的脚印里，他将在自己脚印的水洼处养育着蝌蚪文。

一只在树丛中单腿摇曳的锦鸡,它如何觅食的神态被凤鸣忽略了。他仅仅是注视,进而达到凝神的境地,锦鸡的"羽毛"在发光。我不得不惊叹"羽毛",然后再惊叹"发光"。可以认为"发光的锦鸡"与海子的"亚洲铜"诗性是相当的,只是凤鸣未来得及发扬光大锦鸡的命题。

锦鸡究竟如何才能发光?它跳到水里洗涤,它跳到沙堆里洗涤,它永恒地定格在时空里,终成"凤鸣在竹"的定局。

凤鸣笔下的万物,具有普遍的神性,在神性的照耀下各放异彩。在中国当代诗坛临摹和猜度自然的神性,凤鸣是第一人,将启发当代语境,谨慎过渡到神性。

我与诗,一份回忆

祝凤鸣

我的第一首诗,写的是母亲手执灯火在故乡山坡送别我的情景,那是1983年,我十九岁,在安徽师范大学读书。当时,校园里写诗的人很多,大家都沉浸在文史哲里,深夜荷花塘边花朵暗红,争论不休,用的都是大词。偶尔也会有人独自离开队伍,落落寡合,心烦意乱——青春,宛如一阵不经意的遒劲之风在头顶的梧桐树叶间飞卷。

1983年底,安徽师大刚刚创办江南诗社时,我是最早的诗社理事和《江南》诗刊编委。二十世纪八十年代,充满理想而又脆弱,是个单纯的年代,激情的年代。青春年少之时,诗歌,则意味着远方,意味着苦闷情绪的出口。大学时期,美的帷幕轻轻开启,虽然演出尚未开始,但充满着怪人的期待。

我的第一首诗后来在校报发表了。一天黄昏,校广播站转播中央人民广播电台,一位同学写历史题材的诗正从喇叭传来,我对自己写的那首小诗没有自信,担心题材是不是失于狭隘。

不知什么原因,我始终和师大同学的青春写作保持着审慎的距离。年复一年,我独自穿过镜湖的杨柳,去芜湖市图书馆看杂志,后来就刻苦抄诗,前后抄了几大本,但依然没有方向,也没有前途。当时,江南诗社的同学开始在文学杂志上大量发表诗歌,前前后后估计有一百多位同学发表了作品。

大学毕业后,1985年,我被分配到黄山一个偏远的山村中学任地理教员,因地处偏远,和同学失去联系,与同时期大学生写作更是拉开距离。

其时,我情绪苦闷,人也急躁得完全无地自容。动辄去西北,去高原,去云南、四川。在江西鹰潭市的深夜,我写过一首关于南方屋脊的诗;在一个蓝幽幽的黎明,我发现火车把我带到了广西桂林,实际上我要去云南昆明……如此跌跌撞撞几年,在攀枝花市的芒果树下,在苗族山寨,我都写过心烦意乱的诗,但遗憾的还是没有找到自己。

时间到了1988年夏天,放暑假时,我从黄山回到故乡宿松。在宿松县城的"小小书店",我意外买到一本诗集《夸齐莫多、蒙塔莱、翁加雷蒂诗选》,钱鸿嘉先生翻译,外国文学出版社出版,黄黄的封面,薄薄的小书。

这本书像一个奇迹,完全将我点燃,它隐秘低沉的音调,质朴凝实的词汇,梦幻般的乡村景象,使我一叹三咏,低回不已,与我以前读过的美国诗歌区别极大。

其中,夸齐莫多描写西西里岛的诗作将我的心紧紧

抓牢——《瞬息间夜晚降临》、《廷达里的风》、《南方的哀歌》等诗歌中,迷幻而感伤的场景比比皆是:

红色的月亮,风儿,你那北方
妇女的脸色,一片皑皑的白雪……
此刻我的心在那片草原里,
在那雾气弥漫的水塘上面。
——《南方的哀歌》

向日葵弯向西方,
白日沉陷,
夏天的大气
变得沉重,浓郁,
——《也算是情歌》

古老的冬天。
鸟儿寻找谷粒,
转眼间披上雪花;
——《古老的冬天》

我几乎不假思索地相信,夸齐莫多就是我的一位遥远的朋友,他代我写下了我的故乡,我的南方中国小镇,凉亭镇。那个夏天是多么神奇啊,在故乡那所黑漆漆的凉亭中学,在《国际诗坛》第 4 辑(1988 年第 1 辑,总第 4 辑)上,我还读到日本诗人秋谷丰的九首诗:

星星密布
以前缫丝女骑了马
越过山顶来了
这是母亲对我讲的往事
——《丝绸之路》

他的另一首《擎着灯的女人》，也几乎将我心中的记忆一网打尽：

荒漠无际的阴暗中
我从北方来到了这村庄
天空星星密布
那女人像一座暗礁
擎着灯悄悄出现在黑夜
……
雨水淌在她的脸上
不　是乡土的泪水淌在她的脸上

我感到一阵阵的激动，这不就是我久久寻觅、早已书写而又不敢肯定的乡村梦境吗？在热烘烘的稻草气息里，在繁星满天、渐渐变凉的夏日深夜，我当即配合秋谷丰和夸齐莫多，写出了最早的一批较为满意的作品，如《枫香驿》《白石坡》等，并由此确立了自己诗歌朴实、稳健而又神秘的风格。

1989年，我调入安徽马鞍山市第五中学教书，认识了诗人杨键，恰好他也从这所中学毕业。在马鞍山，我开始在《中国作家》、《诗刊》等杂志大量发表作品,并且和诗歌评论家唐晓渡等人频繁通信。《诗歌报》也几次在重要栏目介绍我的诗歌,并且得到主编蒋维扬先生的鼓励。

有次,在马鞍山市图书馆,在《中国作家》1988年5月号上,我看见自己的一组诗与海子的诗歌发在一起,很受鼓舞。那时,海子尚未自杀,也没有现在这么有名,但是在我心里,他早已是个诗歌天才。仅仅《中国作家》杂志,就曾经连续发表过我的六组诗歌。本来我是要参加《诗刊》社1989年青春诗会,因为特殊原因,那年诗会没有举办。直到1997年,我参加《诗刊》社第十四届青春诗会时,李小雨老师还开玩笑说:"你不是早就开过吗?怎么又来了?"

1998年,我把一组诗稿寄给远在巴黎的宋琳先生。我们素不相识,但是他对我的诗歌较为看重,在北岛主编、他任诗歌编辑的《今天》杂志上,在头条位置发表了我的七首诗歌。

2006年,我意外收到了一本天蓝色、装帧考究的日文版《中国新世代诗人》,收录了我的五首诗歌。这本当代中国诗选,由田原先生编辑、竹内新先生翻译,在东京出版发行。该诗选共收十八位中国青年诗人的作品,其中包括王寅、潘维、杨键、王小妮、汤养宗、李亚伟、李元胜等诗人。

在这本日文诗选中,我的《枫香驿》翻译为《枫香宿》,整首诗译成古怪的日文,隐隐约约我能够认出一点汉字,但好像它又不是我写的。同时,也使我陷入思忖,使我回忆起二十多年前那个夏夜，一个中国乡村青年受到九首日本诗歌影响，找到了自己的音调——我的这几首诗，在日本会有青年看到吗？今天的中国乡村早已变了模样，他们是否会有遥远的内心呼应？

自我写下第一首诗，转眼近三十年过去了，我心中依旧萦绕着那首诗中母亲手执灯火的形象。那盏灯火，使我至今仍然偏爱质朴的，甚至是贫乏的诗句——心灵即技巧，这几乎不必考量一个诗人的才华，而更多的是虔诚、静谧和耐心。

2012年7月

第一辑

| 一日 |

一　日

这是深蓝的春日白昼
这是馥郁兰草的一日
也是我的一日

少女们在户外的春光里唱歌
原野闪闪发光
而四月猛然从高处降落——

田园已是麦秀风清
一万捆云朵里有我的心情

云朵又阴沉，又明亮
我为何又回到这里？回到人世？

这是深蓝色的春日白昼
远行人，我愿你
记住这粗砂和沉船的一日

我愿你对春天保持记忆
我愿你能回到这旧地

这也是我的一日

浑身痉挛的土星
传来炫目的十道光芒

1993年1月

初生之夜

哦,子夜,你漆黑的醇酒沐浴着山水
蓝色农庄,人影动荡
墙上灯火,鸟雀互不相认……这白墙
宛如高耸的即将崩塌的雪山——

窗口,转生此地的黄杨
早已衰弱,枝桠的铁划银钩间
静静飞过的是满月?还是朝阳?

多少游子还阻隔在那边
多少面庞散落在波涛里
明年春天
玄红的大海上是否还有人转舵归来?

1993 年

秋分之歌

晨光摩擦着天宇
太阳与树木纠缠
秋天向我倾斜过来——

十月黯红的光里
我走走停停
分辨着地上的枯叶
和午夜垂落的星火

我放不下这颗焦灼的心

偶尔也有冷风里的交谈
也有山巅辽阔的瞭望

——家乡灯火
秋浪阵阵闪耀

秋阳映照着树木
一支大火,在我内心

推开高耸,峥嵘的四壁

我只要宁静寥廓的天象

1993 年 11 月

童 年

柿树的叶子落了
平野和大雪涌入胸怀

我手扶门框漫长的落寞
还有石块砌成的长墙

田畴总显得虚幻
这当然包括东南的村落
梅树上新生的点点红斑

晚霞缕缕飞舞
是谁布下这无边苍茫的景象?
是怎样的恩情留下我?

童年带给我一生的衰亡
和一阵哀伤的动情叫喊
还有井底仙后星座
急速无尽的坠落……

年华和井水
沉沉睡去,不管多久

水底总会传来秘密的,刺耳的声音

1992 年

感恩的春天

四野青碧,道路
交织在我的身上

噢,噢,天空在缓缓下沉
你看那湍急的溪水
宛如一个绿色聋耳人
心醉神迷地跑下山岗

繁花沙沙作响
一天滑向另一天——

我依然用发亮的泪水
和沉重的额头
计数着星辰广布的黎明
以及紫燕造就的黄昏

如今风雪止住了
季节更新的桃木
也伸出答谢的手掌

一身壮丽的少女们
像道道蓝色泉水

激荡在大地的秘密里

——我祝福她们
道路与青碧交错
这是春天,神圣的
感恩的宁静
又回到了我的内心

1992年8月

花　开

山峦走向春天的黎明
薄薄的冷雾下
红光在浮荡

这广大乡村的一角
这久睡的大地
有了美丽

美是疼痛的
还连着抑郁和心曲

遍野红花
你无力将它
与沃土下死者的叫喊分开
你也无力消受这恩情

——鱼肚一样白的天光
缕缕垂落

凝望远方
旱地里惊呆的农民
张着空空的黑嘴巴

这天光引出了地火
花开带来了美丽

1993 年

红狮岭

是的,红狮踏过的坡地
至今一片温热

午夜淡淡的竹林上是漫长的闪电
少年的风暴牵扯着我

小径滚烫
风摧年华又到心头

故乡,我曾几度迷失
我也曾几度裂开
你的月光
也曾照耀着褐色的蜂群

只是今夜
我又返回
在吞云吐雾的狮子星座下
在这赭红色的山岭

我依然紧抱双臂
在屋脊
涌起的波涛边

默守着誓言和人的漫长寂静

1994 年 2 月

凌　晨

我将与村里久睡的人们告别
他们记得冬天深埋的
红色种粒
但往往忘却我早起的灯火

山峦透着大团的寒气
蓝色旷野的边缘蜷曲
仿佛一个暗示——
而我在行走，我是孤独的

村口没有凝望者
没有暗中飘飘的衣袂
窗棂里也没有招手的人

一轮新月在呼喊
声音很细
仿佛还在恐龙和遥远的冰河时代

——每年春上都有新绿荡涤
灯火也会发芽
它微妙的挤压

会加剧黑夜哑默的痛楚
小径的鞭子也会在大地上啪啪作响

我是在凌晨告别
仿佛波涛中的一滴鲜血
我的心一丝不挂

1994年3月20日

青桑地

离开村子的时候
密密的桑枝浸在晨光里

离别经年,在异乡
我穿起单薄的丝绸衣裳

日光里有时问起你
总是没有你的消息

现在夜色初降
蓝色小路在心上显影
长夜漫漫,我只有一个愿望

手扶月亮的纤维
我要重返故乡——

1994 年 3 月

往　事

竹子开花的那一年
龙和燕子在天上追逐
我来到世上

屋檐下往往有动荡的影子
嫩竹的生长
使我的躯体甜蜜

竹椅上的母亲
指点我看天上的云朵
和远处辚辚的车辆

竹园里还埋着褐色的鞭子
和数不清的竹椅，那是
潺潺的源头和往昔

有时云朵上
坐着一位梳理发辫的少女
她竹质的梳子轻盈

有时黄昏时分
东风吹亮了月亮

远行的车子又回来了

蓝斑鸠在竹园上争鸣
它们暂时还找不到旧巢
暂时还成不了少女

又是龙和燕子的四月,又是
静静的子夜时分
竹子开花了
竹叶下我满怀饥渴

空中滑过火红的流星
母亲在地上长眠不醒

1994年4月

日光里

日光里,树木吐绿
纷飞的候鸟从远海归来
村落有着矿石般的迟钝

我醒得太早
是南风吹开了我的眼睛

山谷下的水库边
姑娘们在尖叫
她们成群结队,无端端长大成人

因为躯体的局限
凉风习习的蝮蛇背上
永远是一片深渊般的寂静

我见过多少早春的太阳
四野尽是新奇的图案

一只纸鸢在日光里落下
我已虚度了一生……

1994年4月

春末的下午

飞鸟的种籽落下,春光寂寂
那金灿灿红兮兮的一大片
转瞬推到村前——

山上的村落浸着古风
依旧是淙淙的溪水,曲折的石径
依旧是四处弥漫的黑色牛群

西边山腰上春晖熠熠
祖先们的墓园里
淡紫色的桔梗花正静静开放

坡下尘埃安息,桃树的
浓荫里
有着银闪闪的连绵的步履

他们如此急切
宛如积雪消融

我的眼前,还刻着一个寂静的人
……这是一个早逝者

他严峻的面容飘落在水上
春末池塘里
炽热的繁星在无尽地燃烧

1994年5月

石门涧

七座大岭在这里聚会
最高的山峰上
岩石吐着白云
十年前我们曾在这里静静观望
在群情愉悦的人生里
忽略了身旁的虚空

由于山崖高峻,凌空
闪烁的溪流
仿佛古老的文字……年代飞逝

那些独自攀上高峰的人
与云气消融,多少

闪电在天空深埋
多少人一去不返,涧底绿渊里
只有岩石悠悠的倒影

此刻我独自一人

太阳落山了
幽冥的深壑里

传来飞禽拍打翅膀的声音:

那里万物正在会合
不辨主次,花开花落

1994 年 4 月

黄昏,登烽火山

我们攀缘的小径荆棘丛生
再过片刻便到山顶
右边,有一张蓝色小兽呆呆的脸

岩石紧抱冗长的痛苦
昔日连绵的烽火
已转到地下,石纹里红迹斑斑

哦,峰顶霞光横布
宛如平息的波涛
我们静静地靠在一起

远处,炊烟的绳索飞扬
村庄犹如一块石头
沉到水底
孩子们的欢笑传来
如隐隐的啜泣——

凝望着夕阳

渐渐滑落
你轻声说:在宇宙的西边

肯定有另外一个国度
那里的烽火山上有七个太阳

1994 年 5 月

严恭山

至今记得
在严恭山上
你我相遇在蓝色的溪水边

是午夜时分
岩石发烫
春花的彩雾飘在风里

你问我:你是不是一个秘密的人?

四周一片岑寂
我没有回答你,中天上
只有月亮在无声地爆裂

初生的禾苗有两片叶子
种子的核心
也有零乱的匆忙的光粒坠落

顺溪徐下
我们深深交织,渐渐变暗

……我们终将沉落在原始的地方

1994年12月

乌桕树

要是在山谷中看见一棵血染的树
要是这鲜红的枝叶
埋进深秋的潭水
……这就是乌桕树

乌桕树,一支山岩支撑的
巨大烛火
火星垂落:

哦,水中乳白的少女
直起了身子
紫兽,簌簌地
探出悲哀的头

你的抚慰是长久的
仿佛微光中的乐曲

多少蹦跳的心
穷尽了远程,已经返回

多少年月失声的尖叫
在坠落的红光中

被谷底岩石硬密的纹理深深收藏

1995 年 11 月

庙宇山的池塘

树巅,一只锦鸡在发光
它曳着单腿,生死鸟

清凌凌的池塘里
黑龟漫游,忆起前世

更深的波光中
是山间小庙橙黄的倒影……

野狐来饮水了
突然,池水像一把惊醒的扇子
急遽收起——

万物聚会,紧紧纠缠
风景和时光难分难离

1995 年 11 月

苍　鹰

白石山脉上空
苍鹰骑着光线
在飘飞

这蓝天的雕凿者
高飞的酷热图案,它的翅膀
如霍霍磨动的钢刀

亮眼在日光之中
滚动着银丸,它偶然翻动

偶然掠过林间
使鸟兽消失,奇迹诞生:

花蛇和灰兔的尸体
混和着高飞的热血,又复活在天上

苍穹里有幽深的轮回印迹
大气中悬着永不衰竭的黑色瀑布

1995 年 11 月 29 日

旧事一种

那年,在碧溪
春水泛起甜雾
两条交尾的长蛇,在翻滚摔打……

是四月午后
交替的缠绵
和飞咬
无声的叫喊,使溪水茫然

使暗中沉寂的树根
和失散多年的
青春发辫又重现了身影

溪头,日光锁着静电
颤动的花蕾
仿佛乡村祭奠的灯火——

云彩外,星河在呼啸,飞转

响翅猝然
一只山雉灼灼飞起

甩下了苍莽的群山

1995 年 12 月

往 昔

多少次,山村沉陷于暮色
深不可测的谷底
是藏满刀鱼的溪流
路边,茅草花的长穗
顶着蓝莹莹雪块,仿佛亲人的脸

我将双耳贴在岩石上
周围冰天雪地,我却在燃烧

多少次,竹林里土屋
传出蒸汽和灯火
还有老妇人如泣的歌喉

离村多年,多少次,我凝视着月光
阵阵洒落在村口
雪地上的天空
现出银晃晃的闪电,现出
那无涯黑夜漫长的神经

1996 年 5 月 3 日

小河沿

赤杨,卵石,杂草中匍伏的黑牛
一只变蓝的鸟
带着我的忧愁,将头插入水中
河心,葵花形石桩激起涡流
我从前来过这里?

三月,绛紫色黄昏
沉积着悲痛
一个久已消失的容颜又浮现在风里
对岸,萤火点点

禾墩送来白色葫芦花
啊,白色葫芦花……

1996年11月12日

黎 明

姑娘,你这碗泉水是慎重的
水面黝黑,倒映着
繁星……人世的微光一点一滴

你是宇宙的乳汁,刚刚凝成
你是垂柳,红雀,新耕的田野
也是粗砂和黑岩
时刻散发着清香

你是虚幻
苍穹里,云霞庄严,宛若铅石

许多星星消失了,一年年
它们的光芒依然在高处喷射,传递
沉落在另一片铁青的旷野

1996年2月9日

午夜下了薄薄的雪

户外红殷殷的树木移走了
它们将忘却漫长的路途
旷野上,砾石
在翻身的大梦里发亮
久久不会醒来

而冬夜银河的乐曲已颠覆
已高飞急转
西风和雪
在万物的耳边滑落
万物聋了,不能谛听
这弥漫喧嚣的无边寂静

是沉迷的午夜时光
也是临危的酣睡
星座的剑刃依然刻在天上

依然是这样:河流摇摆
山峦静立

一个无声的天才在发呆
久久不会醒来

户外的光阴是薄的

光阴不会醒来

风卷过远处积雪的山脉

如抖动一件冷漠的白色僧袍

1994 年 2 月

春 夜

早春的夜晚沉寂
灯火嵌入尘世
但南边紫色的燕子还未归来

它们在世外滚动
这使我感到寒风骤起
感到冷和涩
咝咝鸣叫的气流下
草色微茫的旷野尽于苍茫

云团静静悬挂
天空放低,人心变慢

在如此峻峭的时刻
我感到了闪电和雪花
雪花,如此轻盈
血红的弧光追拍下来
天地间翻飞着繁忙菲薄的心

我最终还听到了雷声
那高处的凝重之鼓

在这无助的春夜
渐渐黑暗的人世
万物在各自的心中掌灯
我们彼此单一,相互遗弃

1994 年 3 月

丧　失

多年以前，我坐在故乡的山坡
秋风吹着荒草
松树急匆匆向前传递
太阳漫长的光线
使天空明晰
天空宛如巨大的庙堂——

我的心
回荡着阵阵虚无
和无数美好的愿望
我差一点信神了

时至今日，陷于凝重和苦涩
我偶尔打量天空
少年时代的伤感又回来了
我凝然不动
宛如一根埋进地底的木桩

黄昏星火红的长袍仍在闪耀
天空永不停息的波浪依旧使人痛苦

1996 年 11 月 16 日

漫　步

是谁将我带到这月光下
是我自己

我幼年热爱的天空
比现在明亮

慢慢地走着，我
是否就像一只火红的乌鸦
飞过雪地

那么多宝石在我眼中
重新化为泪水
那么多人，和灯火里
默默放下窗帘的人

一声惊叫从我体内传来
我还在走动
这我知道

1989年4月8日

蜜

匙中的蜜汁滴落
这亡花的精髓,此刻
正变成犀利的小丝

哦,五月
数百里的新叶之间
太阳的光线晶莹

风信花,蛇花,杜鹃花
茫然飞舞,蜜蜂
宛如纷纷的雨滴,在这

奇异的中心
事物繁茂,匆忙
但从未遗失——

一首诗,一个祈祷者
一滴蜂蜜
都将照亮地球上
任何一处黑暗的地方

1995 年 12 月 7 日

山峦上的溪水

西边钢青色山峦上
世代的溪水在发亮
仿佛纤长的银针穿过青帷
它是寂静的,又仿佛
飞舞的春鹤留下幻影

由于岁月催人
我将离开人世……溪水涟涟
是不是暗中有一双手在指点:
"是他自己无力松开这命运的白链
他暂时冻结了
宛如浓荫里的冰块。"

我多么熟悉这样的景象
岩石起伏,春花吐红,火苗阵阵
繁星下垂的力
卷起隐匿的风尘

我起飞的灵魂里有流水的喧哗
当鸵鸟跑过殷红的屋脊
幼鹰蹲伏在墨绿的旷野——

在苍天缓缓的巨轮上,我将
像一滴雨水飞落
在永恒的溪流中重返故乡

1994 年 4 月

请　求

请求樟树，树下的人
抬起秋天玄色的棺材

请求死者复活
用肩膀把我扛到山上
请求山上的人们记住我

还有母亲
和我爱的人

一束斜斜的月光
把黑色的柳树
推倒在地上

阴影一动不动
天很晚了，我想独自走走

请求我的船划过中午
消失在明亮而辽阔的海水中

1989 年 12 月 20 日

黄　昏

秋后的田野上黄昏盛大
黄杨飘叶，红鹅迈步
闪闪余辉一片静穆

庄严的东山之巅
鸫鸟耐不住辛酸
偶尔送来两个音符

明亮的苍天缓缓西转
田园深邃啊，无尽的时刻
我踮起双脚
我要向天涯索回故乡
我要从奔走的水波的肋骨上
辨认出亲人

悠悠的晚风连绵祈祷
大熊星座
何时像一把明亮的椅子
斜放在黑色的寂寞天庭？

1993 年 5 月 13 日

群　山

雨后的群山高远
涌动，如死去的蓝色秋浪

年复一年，我们心悸，不安
将肌肤抵在木窗上
谴责内心喘气的黑兽
和生命里下沉的石头

只有群山
紧抱着铜蝶和红松
紧抱着人世的漫长寂静

星辰的碎片夜夜堆积
我们低头
那愈沉愈深的心渊里
山脉弯曲的倒影
像神龙留下的骨架
像黑夜传出的一道命令

1993 年 10 月

第二辑

| 枫树，有关我的故乡 |

凉 亭

如今他们隐藏在亭榭之间……
他们到底是谁?
——霍夫曼斯塔尔

春天的风擦亮万物
晚霞飞落在圆形山丘
泥土里渗出红花
……家乡如摇篮般阵阵摇晃

这古老的凉亭为何依依难别?
太久远了……仿佛一个灵魂
如今是怎样悠长的故乡小径
又将我带到这里

这圆柱对答着圆柱
这透风的中心,这红漆的尖顶

多少世代的
雨水披挂下来
微光中还有噼啪作响的燕子

和时间的蓝色飞砂

是春天的漫长黄昏
也是忧郁混同着繁华
四野里
无尽的星辰正喘息着升起

如无数漫游的微生物
那么多眼睛
那么多早死的人……他们越走越近

他们正在返回
正如此刻我先期的到达

1994年4月

枫香驿

朝北的路通往京城
汗淋淋的马在这里更换

少年时我从未见过马
通过我们家乡的驿道

秋天来了,红色的叶子落满路面
枫香驿,在以往的幸福年代

稻田里捆扎干草的
农家姑娘

在一阵旋风过后
总是想象皇帝的模样

我的乡亲们都是穷人
孩子是穷人家的孩子

驿道一程又一程
没有一个人能走到底啊

夜色里飞驰而去的消息

都是官家的消息

随后是冬天,飘雪了
枫香驿便渐渐沉寂下去

在一片寒冷的白色里
很少听得见马蹄哒哒的声音

1989 年 11 月 29 日

白石坡

想起你就想起童年和祖母
小小的燕子在坡上飞舞
清明和除夕的傍晚
夕阳的光辉红红地
照着矮小的黑松
和朝南的墓地
我们把酒和茶水摆在浅浅的草上
祭奠很早以前死去的亲人
弟妹们都回家去了
我想这就是我们的村庄啊
炊烟从各家的屋顶升起来
我很小的时候
祖母总是很疲倦的样子
有时祖母带我去看
坡顶小庙里泥塑的菩萨
归来走在窄窄的路上
两边都是水塘
祖母晃晃悠悠地
我真想扶她一把

今年我走过很多地方
身上布满灰尘

我能扶她一下的时候
祖母却死了，埋在白石坡下
那块长满荆棘的地方
我至今还时常梦见那个地方

1988 年 11 月 10 日

瓦

有时月光照着
邻家的屋顶,隐隐约约
瓦垄和瓦沟
反射大片的青光
祖先们坐在屋顶上
黝黑,苍凉的手臂
无声地垂下

那些拨弄粘土的手臂
那些火光中微明的手臂
静默地向我叙说
陶瓦之事,艰辛之事
更远的地方
一只温顺的小猫
如一支蓝色的火焰
在村庄潮湿的瓦上
忧伤地滑行

我差不多走遍南方
所有的村庄,子夜时分
面对屋顶
面对那些火光和身影

那些瓦片上窸窣的声音
我想到的只能是
焦虑的不愿安息的灵魂

1987 年

桃

月下野桃树深深的影子
投射雪地，风里高枝上
你那年倦怠的声音
落下
敲打我冰冷的背脊
祖母，祖母
昨夜门前，见你留下的手杖
开满桃花
只说过了清明
青桃便如灯
寂寞地
照我长长的年龄

1988年4月19日

乡村冬夜

杏枝变黑,麻雀敛翅
孩子们从池塘的蓝冰上
一个个飞起

灯光惊醒枣木的窗户
泥地上已是斑斑牛迹

远处的田野里
黄鼠狼热血沸腾
它的心跳
它无穷无尽的惊悚

溪水绕得山坡晕过去了
山阴里走下
几个归家的发亮的灵魂

之后一定是这样的景象
月亮的斧头在树丛里滑落
头顶的木星又白又亮

1993 年 5 月 10 日

初夏之忆

五月,我的小村
停留在麦地的边缘
犁停留在风里
鸟停在梦中
大地上黄光一闪
春天逝去
如我早年丢失的一件衣裳
短小又孤单
深深的夜晚
我聆听豌豆爆裂的声音
牛咀嚼谷物的声音
年复一年
吹过胡椒和池塘的风
也吹过我的心灵
有时,我梦中
一只雪白的手
垂放在红鹿的腰前
黎明时分
蓝蓝的光里

山坡上满是弯腰拣拾
橡子的女人

烟雾纠缠着

鸟叫着

水稻小小的白花

开在薄荷的田边

动物在穷人家门前走动

村庄

如一块巨石

浸泡在炊烟的乳汁中

1988 年

正月的美丽

河水上漂满石头,邻家的女孩
红围巾,黑衣裳,正午骑着一只凤凰飞走

坡地上残留着马的气息,没有流水
没有人知道,门户敞开
雪粒的亮光映照蓝色的厅堂

灯笼埋在地底,哑孩子哭泣
风里的葡萄藤何时结满水晶,何时

姑父们坐在屋顶上,太阳,太阳
南方红铜的镜子,满是蝙蝠和草垛的倒影

谁家有垂危的病人,檐下的玉米飞来飞去
雁、烛火,和河堤上的唢呐飞来飞去

众所周知,穷亲戚独自在树下歇息
母亲高喊,亲人呀,我的花园和前世在你那里

我是自由人,在去教堂的路上
看见田垄边缘满山白银升起火焰

村子宛如一片树叶在地上急速旋转

1989 年 12 月

古老的春天

一轮明月升起,村里的人围坐山坡
观看露天电影
银幕上,一个身披镣铐的受苦人
正缓步走向刑场
他的坚毅,他的悲伤
印在每一张发呆的脸上

天上,正在发生月蚀
满地松影
渐渐变淡,消失
我第一次感到了光阴流逝的秘密

1996 年 11 月 10 日

流星纪事

有一次,丘岗夜色正浓,二月还未苏醒
我踏着回家的羊肠小径,在山坡

白花花的梨树下,碰见邻村
疲惫的赤脚医生,面孔平和

"刚从李湾回来,那个孩子怕是不行了。"
他说,药箱在他右肩闪着枣红的微光

路边的灌丛越来越黑,细沙嗖嗖——
我们站在风中,谈起宅基,柳树,轮转的风水

阴阳和天体在交割,无尽的秘密,使人声变冷
"……生死由命。"这时,蓝光一闪
话语声中,一群流星静静地布满天空

还有一次,我和父亲走在冬月下
旷野的一切仿佛在锡箔中颤抖

脚下是隐形的尘土和古蟒的灰烬
父亲拿着铁棒,问我:"你怕不怕?"

哦，我抬起头来，猎户星座在中天闪耀
空中传来千秋的微响——

那无声垂落的，是流星，还是一道道蓝色的鞭影？

1995年12月5日

音 讯

十一月，门前收割后的晚稻田里
渠水汩汩流淌
麻雀在寻找谷粒，奶奶望着落日
在干燥的荆棘旁
一边收衣，一边叹息："……唉，都三十年了。"
祖父是在一个月夜被抓走的
一直没有音讯

傍晚，西风吹过山脊
我和父亲在山坡上挖土……松影里
一只黑狗睁亮双眼
父亲弯腰拾起一根白骨
细细打量
那是一根人的腿骨

远处屋檐下，奶奶的身影
如皮影戏般摇晃
晚霞中，父亲一动不动
穿着灰布衣裳，仿佛一个戴孝的人

1996 年 11 月 9 日

白　夜

……忆及童年，芦村，三更之夜
池塘展开
如黑色大花

青蛙叫喊着
到处是春暮之火
树枝间，月亮
燃烧着它的白骨

无名小鸟
喁喁嘤鸣
噢！万类的痴迷夜

青龙的雾霭淡了，在东方
清晨正纠缠着升起

在强光的洪流
倾泻之前
我想扑进池塘……

扑进时光碎裂的夜晚

或另一个人的躯体

1995 年 11 月 29 日

芦花村

记起春天芦苇的日子
兄弟们的脸孔酡红
太阳把柳影映到田埂上

四野是春耕的冷静的人
淡白的桃花下
斑斓，焦急的群虎在跳跃

这是我们的村子
还没有到芦花泛白的季节
花椒和山杨还未透出朱砂的颜色

母亲是疲惫而坚忍的
是什么使她哑然无声地伫立
在先辈的宅邸中？

池塘里有禾苗的影子
有挽起裤腿洗涮的人
孩子们在清浅的水里摸虾

这纯真的景象随风晃动
这是我们的村子

在如此温和的地方

许多人离开又回来了
村头还有数不清的未世者

还没有到芦花盛开的季节
那是秋天，我们村子同舒州相邻的山顶上
飘飞着纤长的红铜的月亮

1994年3月14日

杨柳岸

燕子掠过母牛的瞳孔
乌龟爬上绿杨的顶梢

一根木桩钉在水里
柳树正吐出黑色的根须

一个弯腰洗刷的人
宛如一根木桩钉在水里

门前池塘边的杨柳树
一阵黄又一阵绿

洗衣归去的母亲
在小路上留下成行的水迹

1994 年

田　亩

山阴尚有积雪
山岗的南坡明亮
溪水低浅
田亩抖动着隐密的梦寐

这田亩下埋葬着雷暴
人的骨头
和千百个秋天的月亮

这田亩里还埋葬着
寂寞的狮子和春霞
黎明里悄悄锈蚀的犁铧

此刻，残破的小路上
走着几个闪闪发光的
春耕的人——

他们黝黑，平实
承接天空广大无言的映照

风起在夏天
禾苗的青火呼呼逼进

乡村少女忧郁的瞳仁

秋天辽阔
大地向红砖的村子倾倒

这田亩下还埋葬着火种
难隐的幸福里
暗逝着久远的艰辛

1992 年 10 月 9 日

鸟　巢

在我们乡下
最早的巢建在向阳的坡上
人们在日光里慢慢变黑

我有时深夜去井边
碰见乌鸦和鹭鸶
它们是否与我早逝的姐姐有关

在我们乡下
每棵桐树下都有一个人
你到门外晒衣服
往往能听到大雁的叫声

几千尺花布在空中升得更高
几千盏灯笼——

多少夜我碰见观望星宿的人
在月亮下回家
喉咙里发出斑鸠的声音

他说刚才有一只鸟
朝湖北飞去

在乡下，父亲总是搓着双手
笑着对我说
房子年久失修，鸟也没有了
那些巢又有什么用

1990 年 3 月 10 日

河湾里

枝头雀鸟纹丝不动,仿佛一团团黑泥
在阵阵压紧的空气下
河水有力地打着旋涡,千百个冬天都是这样
人们隐蔽在远处的坟茔
和山间静谧的屋脊里
鹅卵石孵不出红色小鹅
只有波涛偶尔剥下几片沙粒……我将
渐渐衰老,死去,哦!故乡,若是真的
能再转生人世
我还要回到这里,看着喜鹊和乌鸦
被杨柳的绿焰摧飞
杜鹃花的雾霭散开,一年年
田野冒着热气,泥土飞卷
在太阳炙热的炉膛里
我与兄弟们耕作着,叹息着,歌唱着
辛酸又疲惫
直到双手把锄把磨得银亮
山岗上淡淡的满月
使万物酣睡,沉落,我全部心灵的迷雾
也缕缕消失……

1996年2月16日

冬天,在我的家乡

小妇人,你的身上挂满冰块
我的神灵,火红的稻草人
你在空中悬浮
在田野上飞奔——

篝火,田间的火炬
和往年的风俗
门槛下软弱的红灯
告诉我,我祖父的骨头
今夜怎样流落山头?

轮子滚到河里
冬日耕种的影子
枇杷树下
扬鞭的影子
天气寒冷,春天来得晚
病牛死在紫罂粟的山上
风从北边来
火苗指向南方

我在哪里?我为何如此缄默?
去年我在哪一棵黑松上?

在我的故乡
烟火吹过柴禾和矿石
庄稼隔年相望——

河底的老人在水下高喊:
葡萄,玉米,丁香
白色和红色的雨
年年落在死孩子的身上

1989 年 4 月

庙宇山之秋

幼时我在山中嬉戏
岁月优游,草木清凉
小径上立着七彩的野禽

秋阳高照的时候
神灵们在山巅聚会
我的身旁,秋风
吹响牛铎,一声接着一声

山麓的田畴里,稻谷已经成熟
更远处的池塘
在松林边旋转着蓝镜

有时向西的山路上
走过一支送葬的队伍
火光里有人在超度亡灵

有时天色转晴,群星升起
千年红枫交织着月色

我还在林中独坐
神灵们也静静凝视着我

一定是在西南边的天空
银河里淡淡的流水
带走了灯火丛中
母亲喊我回家的声音

1993 年 5 月

红眉鸟的春天

绚丽的长虹
出现之后
天涯在欢腾
在乡村晃动的明镜里
红眉鸟叫了
万啭千啼的山峦上
新生的鲜花炽热
弯弯的行人睁不开眼睛
我依稀记得前世
万丈深渊的上空
繁星撞击着
我红杨叶的心脏
我核桃木的忧伤
春阳漫漫千里
红眉鸟叫了
黎明的野鹅
也要从青湖中游回
我不会离去
狂风吹折的绿树枝上
鲜血的烛火

正在点点滴落……

1986年6月

归 乡

到了第三年,离别
冬日城市的奇观
我乘船归乡

哦,树叶间浮现出
久违的长着雀斑的笑脸
我的父母双手放在膝盖上
向我叙说
我手提布鞋的黝黑童年

那时,栗树撑起
苍天和谐的蓝图
在夜晚的山后
钴蓝色的沙尘落在竹园里
一夜又一夜
依旧是知更鸟的啼鸣

离别三年,炭火,鱼鳞和卵石
依然在门槛边放光
小小的幡旗引向月亮

白蚁还在屋梁上弯腰

蒿草也留下暗影，只是
年迈的祖母已经死去

缄默的山丘下
秘密的河道不知通向哪里

我现在回到村里
一只鸡
一个银匠
一片玉米和薄荷地
以及平放的墓碑上倒影的星象
都把我紧紧纠缠

我再也不会走了
我会长久地留在夜色里

1992 年

清水塘

这明镜一样的水面下
是庙宇山急速泻下的飞瀑
在我们的村子
生活变得缓慢
宛如涧水在水塘歇息

黄昏时分,水边
总有弯腰洗刷的人
总有翠鸟与黑牛
和身穿红衣的女孩
她们似乎从来
就在那里,而且永远在那里

记得少年时代,一个
皓月当空的晚上
我和弟弟回村路过池塘
远处涟漪闪亮
不知是萤火还是月光
我说:"你相信来世吗?"

"我也不知道啊。"

水光依稀,年月流逝
时光抖动着奇异的线条
我已无法控制内心日见憔悴的忧郁

1996年11月

瞬　间

冬日午后，山峦清晰
日光里我俯下身子
凝视着雪地
空气里，片片足迹
已融为水洼
微风吹起浅蓝的波纹

身后，鹞鹰临空颤抖
啄木鸟笃笃的声响
传来大树的心跳

——我的心隐隐作痛
远处村庄
世代相传的漆黑的门槛
犹如秘密的鞭痕

1996 年 11 月 8 日

棠梨树

春天美丽的棠梨树
丘陵的青浪上飘摇的树

棠梨树,开白花
转眼就到了盛夏

月亮照着家乡,棠梨树
多少悲苦刻在心上

树的四周是家乡的土地啊
棠梨树下村里的女儿

她在月亮下已经长大
她一到秋天就要出嫁

棠梨成熟的季节
西天闪着褐色星辰

最后一颗棠梨也要落下
飘摇的棠梨树还未站稳

在静谧的灯下

有人想着自己的一生

秋天美丽的棠梨树
你无声的眼泪收不住

远处的女儿望不见家乡
你是我思念回忆的树

1994年5月

县　城

城里的人把手
搭在锌皮屋顶上
望见城外疲惫的田野
开满石竹花
一些女子从影院归来
一些雪白的鸽子
在空气里漫步
如缓缓浮动的积雪

店门开着，天很热
有人安贫若素
从客厅深处走出
有人仰望天空，看看四周
不知身在何处

有人梦见火把

一个突然的渴望
使水果摊前

一串串香蕉如碧绿的小鸟
临空飞起

使进城谋生的外乡人
口唱小曲
想掉头重返
遥远而又贫穷的家乡

1988 年 11 月 30 日

初秋的池塘

动荡的树林里有风的痕迹
在渐渐扩展的初秋
我又回到这里——

白茫茫的路面比往昔干燥
长眠的砂粒混杂着星辰的粉末

小路尽头天空在摇晃
池塘在大地的腹中微微跳荡

这天堂遗失的碧玉要复活
这大海震颤的泉眼
最后一次
将神秘的征兆带到我眼前

那走向深渊的人
在回望故乡
那迷乱中散开的红珊瑚
将要放出海底被囚的龙王

唉,初秋的池塘
本是一个幻影

此刻,飞龙在天
任性的碧空中
有着时隐时现的眼睛

动荡的秋天有神灵的痕迹
云蒸霞蔚的水边我有孤寂的心意

1994年7月

初　春

初春是沸动的，微光里
树木如火把般游荡

摧开繁华的力
也使野鹤无缘无故飞起

茫茫旷地里有人牧羊
有人养蜂，有人种山芋

麦苗忆起时光和雪
远处村庄
农牧神立在黑漆漆的屋顶上

清明到了，山坡上
亲人们正在交换纸钱
南风轻轻……
无尽的灰烬
洒落在未亡人跳动的心头

而少女在陆续长大
如溪水脉动在人世

初春也是清平的,南天里
一只银亮的狮子
将羸弱,短暂的大地铭记在心

1994年4月

清　明

四月花开，燕子安稳
西边的天空红潮涌动
人间又到了修理坟墓的季节

春天本与长空一色
那薄铁皮剪出的人在山岗走动
何必要惊动他们，哎

这些熟地的亡灵
他们向水，向草木
远远走去，他们
终究还会回到这里……

这就是尘世
这就是我唯一居住和生活的理由

四月花开，黑夜飞驰
繁星无边无际
刚刚露面的月亮

照着平原上的丘陵

一堆又一堆蓝闪闪的金属

1992年4月

枫树,有关我的故乡

一

十一月,少男少女
坐在我家屋前的枫树下

小灶里呈现亮光
仿佛红色丝绒的叹息
枫叶在缓缓飘下

夜来临了
夜晚肯定会越来越暗
偶尔一片叶子
被金风卷走,像一个孤儿

你也不要把它追赶

夜晚肯定会越来越暗
蓝色小路上

流沙和少年的身影
也会越走越远

十一月枫树的顶端
猎户星座颤抖着
抿紧橙红的嘴唇

二

紧接着我要述说冬天
旷野里布满蓝色的斑点

蓝鸣鸟在叫
白鹭却不知飞向何方

屋前枫树上飞舞的雪花
是我童年远远的倒影

积雪压断一棵树枝
村里便会死一个人

三

春三月,银鱼在水里游走
流星滑向远天
火在笑,田里也升起烟雾

山坡上，红狐
像阵阵撒开的灰烬
还能听见它们呼叫的声音

祖母睡在田埂上
看来她是不行了
唉，多么狡猾的土地

青色的火苗
从枫树上窜起
风吹个不停，火苗越升越高

四

夏天是分别的季节

巨大的枫树
依然生长在我遥远的家乡

鲤鱼逆着洪水
黑鹰飞在天空

在白昼碧绿的枫树下

在神灵出没的家乡山路边
我总是遇见——

东南风吹动的白骨
和我终生热爱的姑娘

1989年6月

旧地的回声

一

山路变暗
夜色盖住河水
但盖不住人的心跳

灯笼一只接一只
西风吹过来
我握紧外婆的手

红桃遍地
令人吃惊

红色的桃子
在微暗的光里
一只接一只

二

雪季,新月升起

细雪飞过蓝色的山丘
一片寂静

我来到世上
是母亲
用窗户把我砌进黑夜

山丘抖动
我睡不着
新生的月亮
是不是野马的红唇?

三

秋天,山峦消瘦
我站在灰色的田土上

白色的兔子
像十月的露珠

在黄叶下嬉戏

突然号角齐鸣
石块敲击出红色的火光

兔子奔跑在死亡的山上
它在山上跑
它落进网里

一声惊叫使它归于寂静
又一声惊叫
使我从正午落进蓝雪飞动的黎明

四

那遥远的黎明
门帘上有三颗星星

三只雪豹
在天上看护我
三片不说话的雪花

我每次在春天

推开家门
都能听见微小的哭声

每次等祖母点亮灯火
我总看见一只蟾蜍

蹲在堂屋中央

那遥远的黎明
三颗星星依然照在天上

五

牧鹅姑娘
像一只只银色乌鸦
从春天的山梁飞下

长夜漫漫……
我家的木屋
漂在漆黑的海上

1992年4月

第三辑

| 青　春 |

芦苇的叶子

你成为一片芦苇叶子
是多么艰难

我还在水边,我不知道
你的比例和速度
我不知道风在吹

鸟在空中做梦
岗上的石头越来越红

解开我的衣裳
你的更加滚烫的手
把我的头发拢到脑后

还有告诉我的一些话
我已经记不得了

只有母亲,在雨天里
用手拉住疯了的牛

两只蜜蜂
穿过我的骨髓

从雨中的小路消失

不是你,你在水边
是谁将大堆的秋天的花
放在我的床上?

1989 年

湖　畔

你可记得山里的湖泊
鱼群在水底渐渐消隐
茶叶和茶花中间
你穿着白色的长裙

我站在水里
点数着砂粒和卵石
你在岸上奔跑
不发出一点点声音

你可记得山里的湖泊
飞鸟飞过我们的头顶
波涛停留在蓝色的天边
我拥你走进夕阳下的树林

昔日湖边的女孩
今夜多么平静
小镇传来祈祷的钟声
我默念我们早逝的爱情

1989 年 3 月 10 日

紫罗兰的问候

我凝视远方岩石上的一缕青烟
企盼着随之而来的火焰
紫罗兰,寂寞的守卫者
薄命的人
你在秋风里消失了身影
今夜你内心的疼痛
又传递到我的心上
我们春天相遇的日子
我们成长的日子,紫罗兰
月光清凉的夜晚
数不清的亲戚
在屋后的山脊上徜徉
那么多自由的意志
和人间的疾苦环绕在四周
或许这就是我们的一生

又是怀念的日子
你泪水的花瓣,脆弱的花瓣
紫罗兰,年深月久的女孩

我看见你
身居遥远的雪地

用沉默的双手把星光推开

1989 年 6 月

炊　烟

炊烟在蓝天节节折断
在空中,我留不住它们
你可记得我们曾经外出散步
再也没有回来

没有什么能握紧地上的东西
天边白色的孩子
往往被落日带走
保存一生的事物如此短暂

谁能望见阴郁的秋天
紫色的绸子飞过月亮
炊烟混乱的道路上
人们彼此久久遗忘

羽毛消逝,那些幸存的
用影子继续长大
屋顶掀起怜悯的波涛
我们到不了那个地方

1990年1月

旧日的居所

我们往日欢乐的泪水已盛名远扬
如今它在谁的眼中闪光
灰尘和被衾变冷
一些低矮植物在门外
宛如巨大的畜生
贴着地面飞奔,我的爱人
我在丘陵与丘陵之间
望着阵阵晃动的星辰
世界上什么地方
哪个地带不流传着苦难
我们预备的骏马已纷纷逃离
头和头发逃离,现在
唯一剩下的只有心灵
那祝福中的琵琶,雨和火
那四海漂泊的岛屿
那风,就是我们的家
从此,永恒的星火流走了
倒退了,沉没了
更加纯粹的事物,秘密,诗歌

还有传世的歌谣
又能告诉我们什么?

我的面色恬静的姐妹
鲜血和无辜的鸟,家乡的神灵
你们说,我们怎样才能回到
曾经居住的地方
把幻想丢在过去的路上

1990 年

怀　念

我以前多么害怕那里的寒冷
现在我连那里的大雪都怀念了
我怀念冬天和你

我独自一人在深夜里仰望的时候
是你喊着我的名字，朋友
只因我们不能同时望见
远处神秘的火焰和夏天

乌鸦在雪地上飞翔
道路又干燥又明亮
仿佛两千年前就是这样
而你去了另一个地方

如今我的精神
依然萦绕着那些灰土
我能握住最好的稻草
但再也听不见你的声音

1990 年 8 月

记 忆

屋顶支撑着黄昏
山坡兰花开放
你的双手渐渐变冷

以后便是夜晚
月亮升起来了
我也离开了自己

整整一个春天,燕子
和狐狸的声音
洒落在我们的心上
天上的巨蛇默默无声

你转过脸来
这都是因为我,哦
多么残忍
一个白纸的人

飞马的光,狮子的光
多少年了,大风吹在平原上

我总是想起你

1990年12月

圣诞夜

两边都是雪,我站在
街道上,望见两个远去的人
一只狮子,它火红的头

没有一点声音,是什么
使四周隐伏着巨大的不安

那光不会熄灭,那
站在高处的人,用树枝
支撑着这一夜

记得母亲告诉我
只要安静地等待

我如今孤身一人
我朝四周看看
耳边是冷冷的铃声

1990 年

柿　子

等到黑暗缠绕在树枝的边缘
空中渗出红色
我便抽身离去

多么无力
你的长长的圆镜的光
不能把我带到那边去

我体内林中的灯火
如鸟兽的眼睛
汇聚又分离
我只有离去，而你留下

如此的真实
当你在门栏外垂挂
只有野兽和树木的眼睛
无声地看见你

1991 年

火　炉

蓝色的锡箔涂在你的身上
你低垂着脸,梦见鸟卵和桃花

有一个人……在河流的另一边
一个疯子,在卵石的阴影里
双手中的海棠冻成痛苦的诗篇

群山深处,清冷的岩洞里飞来白雪
一片又一片,这关系到沉没的年代

瞎眼人望不见太阳,只有
孤单的蓝火炉像受伤的女儿挂在天边

那薄薄的光明照射在你的身上
你是母亲,从那高处向下观望
然后又离开,宛如神从云端消隐

1990 年 1 月

远去的秋天

我们肩靠着肩,影子
连在一起,大片的金针草
和手扶榆树的时光

溪流中我分辨着
五彩的水滴,飞鸟渐近
山羊也带来一些白色的东西

那时我们还年轻
彼此依恋着,多么难忘

哦,红颜和知己
和你皮肤下冰凉的血液

远去的秋天如今更远了
如今又是夜晚,风吹白骨
我偶尔合上凄凉的书卷

我又想起你,抬眼瞭望
白羊星座从东边升起
天涯又出现你美丽的形象

1991 年 9 月

心的影子

家乡已是雪国了
翻飞的乌鸦掀动大气
它还要飞上一程

而我的心正在急速地敛翅
这沉寂盛大,这忧烦
一如青青长空吸住远海

竹林低垂
孩子们喊叫
炊烟乳白的桅杆渐渐沉没

夜晚山峦
宛如洄游的远古鲨群

1990 年

眺　望

我站在高高的绳索上眺望
大地硕大的盘子，旋转着牧群
鲜花和悲伤
黑夜追赶着白昼
送葬的人走了
逝者，又从天上接回人间
农舍与皇宫对峙，你看这荒凉的冬日
有多少权杖和炊烟

肯定有一些隐藏得更高的东西
我们一生都无法望见

此刻冰雹尚未来临
只有白色的石榴在空气里沉思
深夜时分，多么静谧
陆地上传来乌龟的叫声
一声与一声相距无限遥远
并且越来越远
那是我们无法企及的爱情

星球，石块和杏子
以及智慧恒久远的运行

都使我们惴惴不安
带着无法回答的问题
带着霞光和布匹
我们只有返回无穷的黑暗

眺望的总是站在
刀刃和绳索上，大袍敞开
向蓝色的水域拖下
向人群和河流投掷着火把

1990年1月作；2012年改

又是二月

不知是应了谁的嘱托
幽静的柳树变成了一堆堆篝火
铁轨的波浪渐渐远去
长墙维护着昔日和忧伤

时光在盘旋,闪耀,变薄
我要迎接这二月苍茫的回索
问问清寒,问问薄雾
路边的碎石如今是否将我宽恕

那年满地交织的青春
是愤怒使夕光渐渐变冷
铁轨和细草一根根发亮
青春绵延着,颤抖着,低低飞翔

不知是应了谁的嘱托
又是二月,又是烈火的生活
轰隆隆的雷霆从远方涌来
我在高处悄悄擂响秘密的爱

1992 年

重返旧居

已经来不及了
等我打开这杉木的门

这满地方形的火焰
不知是白纸
还是你丢失的光华

九年过去了
我得悄悄感激
你留给我的哀愁

看,燕子在屋梁上飞
把满屋的光影绞碎

这里是穿衣镜
这里是暗处传来的咳嗽
这里是灰尘——

已经来不及了
空气里尽是霉味
尽是春日明媚笑脸

1993年1月

河　边

七月堂堂的大河更加眩目
河面上蓝雾飞卷
在漫长的河边见到蝴蝶
我们彼此惊呆了
心在暗处千呼万唤——

风凉心伤的年华
河水冲洗着我们
又依恋，又折磨
你突然抓紧我，你说：
"我要抛弃
这无限烦腻的人世……"

一百个冬天踩着冰雪过去
旧年的河水又回到岸边
但我们永不会再见

有多少永恒的绵绵细沙知道
这生死的秘密
另一个世界无言的欢乐

1993 年 5 月 11 日

沼泽地

空阔的地方是飞舞的光
村庄越陷越深,落日
滚成伤心的询问——

故乡的沼泽地上蓝烟历历
泥地里保存着
蜉蝣,鱼虾和松树的呼喊

曾经美好的
已沉入遗忘
人到哪去了
泥浆里也辨不出青青往昔
荡开的炊烟与波纹

故乡沼地上的橘红黄昏
只有那单腿静立的白鹭
宛如古老的银针
在缝补着伤口
只有最后一丝力量
顽强地竖立在大地的磁石上

1994年

初 雪

早晨,开始下雪了
如此近乎神谕的狂热
飞进窗户,我仿佛

也要裂开,飘散,重返往昔

暮色沉沉,飞雪初止
寂静无边无际,户外

天空依然擎着亿万支蜡烛

宽阔的田野
带着光亮潜伏

青辉熠熠的小河更加冷冽
——撞击我们心头的问题
依旧没有答案

依旧是这样
我将穿过沉寂的旷野
感觉像一个人

1995年11月27日

所　见*

有一次，在梦中

我蹲在一个温和的角落

秘密地观看

一头母牛产下红色牛犊

并舔净它，给它哺乳

夜色明净

青草芳香

在早春草原荒凉的中心

红盘的月亮

洒下碎火

我的眼睛有着

焦虑的妇人的柔情

我请求他们

在梦中，我跪下并请求他们

也给我一个位置

1995 年 11 月 30 日

---

* 1995 年，在美国的朋友寄来玛丽·奥利弗（Mary Oliver）的一本诗集，诗中对自然的瑰奇描写深深打动了诗人。在翻译该诗集的同时，诗人对其中几首诗在译文的基础上进行了再创作，这是其中一首。

暴雨之夜*

原野上,月亮圆满地升起
星星漂移
树木黑色的斗篷间
猫头鹰,松鼠在厮磨,翻滚
这是地球上的夏天,微光里
……我低声地祈祷

不为别的,只为一个像我一样的生灵
你在哪里?

风默然升起,树枝扫过屋脊,闪电
频频掷下炫目的光,你在哪里?
窗外已是一片燃烧的海洋
我转过身来——

哦,你立在草地上,喘息着,闪耀着
有着水一样的躯体

两条人类的双腿,微微颤动

---

* 这是在对玛丽·奥利弗(Mary Oliver)的诗歌进行翻译的同时,诗人在译文基础上再创作的一首作品。

深入梦中的黑色之乡
我怎样才能触摸到你?
当我伸出双手
你便隐入更深的林地。啊,快

快领我穿过那些火的花园
那些骨头的河流,那些咆哮
和激越的应答之声

顺着伟大的向内的奔跑
沉落于那看不见的不可知的核心

1996年2月

青　春

窗帘轻拂，仿佛风有着骨头
隐约的雷声传来极远的消息

我只身来到门前的泥地
黄昏幽幽的光里
一条蛇在吃土，蜿蜒，向我游来——

又红又黑的条纹，咝咝逼近的恐惧
和兴奋，哦，我的青春要成长，要迎风而上

是闪电雪白的手臂
按紧我的双肩
是一言难尽的大地，使我散成丝丝缕缕：

雨蛙，布谷，赤槐
世代相传的山羊，宛如铁屑
吸附在原野暗黑的磁石上……

早年地层下游荡的火把
照见无数人的骨头，如今转为人间灯火
多少儿女嫩绿的枝条垂落在午夜的微光中

1996年2月

图　案

我记得凌晨，南方水田的铜镜里
大梦飞旋
一只白鹭，单腿侧立着，这坚硬的

弯曲的火苗
使中天的弦月越绷越紧，我记得……冬天

山坡上满是蓝蓝的
移动的三角形野兽，风的肩膀
撞击着黝黑而干燥的
树的骨骼——你的双乳如坚果

痛苦如乱石，如此沉重而缓慢地涌出

远处冻僵的水面
出现了第一个急速的圆圈，白鹭飞走了……

我记得在黑沉沉的青年时代
山顶上的冰块发着红光

我们坐在风里

搜集着木材，引火物，纸张
一遍又一遍地升起火来

1996年2月22日

哀　歌

年纪轻轻，我们
曾经相爱而其实无知
——叶芝

一

这是鲟鱼的浩大春天
橙红的梯子从月亮里飘下
手绢落地，细纱变冷

这是八年以前
一千亩青草的边缘
浮现出打鱼人的脸

北风吹过来
我搂着你
你雪白的双足如两声叹息

我怎能离开这微凉的
灯光闪烁的三月
我怎能把搁在你心中的双手抽回

八年过去了
欢欣的时光在飞旋
黯淡的纺锤上
也缠上了悲哀的火红纱线

那是谁在翻越雪山
是怎样孤单的野兽
观看青春的破碎的夜晚

黑夜无边,海水浩大
两块浮冰在悄悄融化

二

哦,多么疯狂而盲目的青春
飞奔的田野载着两个灵魂

银蜂:

我要走了
我要飞到遥远的地方

那里的石块浸于酒精
你能否记得我白色的翅膀

茴香花:

我是书卷和大地的女儿
我是河岸凄凉的回声
我的骆驼,立在草上
日复一日,布满倒影
铅青色小路通往冬日的黎明

银蜂:

我要飞到遥远的地方

茴香花:

有时月光照着寒冷的沙滩
母亲坐在柳园里
仿佛另外一个人

在焦急地把我呼喊

银蜂:

我要走了
我要飞到遥远的地方

茴香花：

村里全部的火都熄灭了
屋顶上还有一个
手持菖蒲的人
那是不是我的亲人

银蜂：

亲爱的，我要走了
在遥远的地方
请你记住我白色的翅膀

三

那久久消失的

必将在春天的午夜呈现
那烛光里的无辜伤害
必将铸成冷剑
又回到你快乐的床边

八年过去了
寓言在头脑里翻身

旧瓶装满新酒

北风吹过来
依旧是一千亩草地
白色的鲟鱼跳上江堤

银蜂飞过喑哑的茴香花
八年过去了
橙红的梯子从月亮里飘下

1992 年 11 月

二月丘陵

青色平原上长大的女孩
来到荒凉的油松的丘陵
那是二月,那是八年以前
我家黑瓦的屋顶升起炊烟

炊烟宛如白色歌谣
圆形天空将我们静静笼罩
我说太阳是冬天的孤儿
她说是一支红色的羽毛

还在大学读书的女孩
来到遥远的贫瘠丘陵
淡灰的小路消失在远处
她眼含泪水坐在我身旁

松针在星光里缓缓飘落
哦,隐密的震颤在风中传递
我与她仿佛神祇的灯盏

而今灯盏又照亮二月
一声叹息从高空降临
我满心惊慌向丘陵眺望

两道红光刺瞎了我的眼睛

1992 年

第四辑

| 爱 的 证 据 |

自　责

生活辽阔的海市蜃楼
退缩在电视中，父亲
长久怔望着
雪花沸腾的屏幕
聆听着表弟带来的乡村死讯

他的眼睛垒起碎冰
双手，迅急掠过
疼痛的肝部——

我的诗越写越假
所谓的"高蹈"
所谓的"关怀"
忽略了亲人的恐惧和爱

哦，父亲的漆黑脸孔
浮现在午夜的空气中
他有着怎样的哀愁？
他是怎样生活的？

1996年8月10日

荒 芜

小舅从乡下来
四十四岁
靠在沙发上,如一根烧焦的松木

童年我曾经滚爬的肩膀
如今硬了
石缝里捕捉红鲤鱼的岁月在哪里?

"乡下现在变了
人不愿种田
只有念书一条路——无论如何
小红今年要考上中专。"

我大学毕业十年
读过弥尔顿和描写德国风景的诗歌
对于爱,寂寞和坚韧
又知道什么?

此刻,对于二尺之外
小舅的焦虑和疲惫
我满墙排列的书本

暂时是一些无用的砖头

1996 年 5 月

爱的证据

这些夏天普通的日子,母亲
总是黎明即起
她晃动的背影在晨光中如一团烟雾

炉门拉开了,红光刻在墙上
生活的铭文简短而清晰

鱼的内脏在风中变冷
扁豆的光,丝丝沉落在凉水中

这吱呀作响的纱门,这新洗的拖把
这苍蝇挣扎……哦
这无辜,惊心的一幕——

"要有耐心,要有爱
要咬紧酸痛的牙齿过到底。"

进城十年了,母亲
时常茫然,内心交织着风雨

远处,黑鹰像一只苦胆
在原野上翻飞

母亲的一生还陷在那里……

1996 年 7 月 24 日

苦艾诗

进城十年,今年春天
父亲将两枝绿艾
斜插在我家防盗门上
我惊讶于这冰冷铁管萌发的新芽

从七月到九月
天空阴晴不定,胎儿
在母腹成熟,艾叶渐渐干枯

黎明的木盆显得粗糙
新生的儿子在艾叶水中啼哭
这弥漫的爱
这世间清苦的热气!

澡盆倾倒,那废弃的艾叶
如熟睡的蝙蝠
顺着下水道沉入远方

它能否惊醒,在地底深处
扇动着漆黑的翅膀

能否有一天,它渐渐变绿,又重回世上?

1996 年 10 月 23 日

返 回

偶尔回到小镇
百感交集,食品站前
依然蹲着五颜六色的人
姓陈的傻子还站在小街中心
杨树叶哗哗作响

伞厂后墙上
我屏声静息的身影
还刻在那里
哦,少年
不可触摸的迷狂

包子店冒出热气
黄昏回来了
一首诗出现了,晚霞横空
电站边的竹林上
正徐徐落下冰雹般的鸟群

1996 年 11 月 4 日

子贡岭

公元前五百年,初春
子贡二十岁
布衣难耐春寒
远处,楚国开花的群山宛如一堆堆红炭
时有传闻,楚人
已有渗碳炼钢的技术
但官吏没有仁爱
工匠不尽孝心,北方
数千里大雪下
孔子为实现仁爱正疲于奔命
敬畏于"一"
为礼乐和秩序寻找根基

子贡孤身赴楚
传播老师的思想
可惜众人没有智慧
光阴白白流逝了——

今年春天,在村前
暮霭昏沉的子贡岭上
我碰见邻村的叔爷
七十八岁

如一根黑色荆条
他指着被儿媳打伤的前额
向我哭泣：
"黑佬夫妻两个
年后到山东打工去了
房子他不要
我的病也不管
哪是儿子，……畜生啊！"

1996年11月

仪　式

六月薄暮，点起灯火
人们在打谷场上
为邻村的莲花大婶超度亡灵
她喝农药自尽，已经七天了

儿女们身穿孝服，将额头
紧抵泥土
泥土是无罪的
而人的罪孽深重，母亲
再也忍受不了儿女的折磨

在乡村，有多少农妇
曾经因疲倦而昏倒在油菜地里
醒来，又跪在桃树下
给孩子递上双乳

如今，青年们出外打工
金钱带来责骂
成了母亲们的报答

火光里鼓乐齐鸣
莲花大婶的亡灵上路了吗？

它能否翻过那油一般光滑的冰山?

1995年10月6日

偶　遇

时近中午，小村屋檐紧缩
堂屋的白墙上
贴着早年的风俗画：
木桌边，母亲微笑
我们用餐
相互指责，唉，环环相因的生活

我转过身去，面对
南天垂挂的彗星，能不介怀？

打谷场浮在山坡
繁花催逼，众鸟交飞
哦
闪耀的山道上
又走下一个红衣女人
手提竹框，那是另一个母亲！

与桌边这一个
有着共同的面庞

与旷野的金禾
有着同样的秘密根基。我何时

也走出自己

无声地在彻底的狂野中再活一次?

1995 年 11 月 30 日

纺织品商店

啊,柜台沙沙作响,一卷蓝布拉开了

立柱上亮晃晃的长镜
只能照见一个售货员
一个顾客
可整个商店在飞卷——

人群的碎步急行
点头,比划
伸长颈脖的讨价还价
哪儿来的这么多热情
这么多易朽的,未名的,炽热的躯体?

这里卖掉多少布啊?它们
都到哪里去了?
时光展开徒劳而又忧伤的长练

这实地的景象仿佛梦境
店堂拐角,玻璃账台里

一个女人耳挂金环

正埋头书写……她的安静令人吃惊

1996 年 11 月 15 日

短松岗

童年的秋天,收藏的季节
母亲和我挑稻去邻村轧米

哗哗的小河开辟道路
道路弯曲处扬起灰尘

往昔的精灵已不见踪影
山路上也没有七彩的尾翎

邻村的黑松树下
轧米机马达哒哒

机器在屋檐下发烫
仿佛松树漆黑的心脏——

童年的秋天啊
我和母亲来来往往
彼此沉默,不说一句话

我们把稻谷轧成白米
把时光和乱石轧成满天星粒

1989年

夏日，乡村师范

房舍无声，屋前
芭蕉上暗火在纠缠
四周是残缺的围墙

这空空闲置的教室
这叠起的木桌
这废弃的无边夏天

蓝天传来沉沉心意——

我没有收到
田野里裤腿高挽的
穷孩子的消息

他们不需要一本书，他们
心中的曲子
只唱到门前的泥路为止

天空对于大地的拯救
总是徒劳——

田野上，那些

眼窝深陷的穷孩子
还有他们不识字的悲凉的父母

1992年9月

寺前即景

淮河路中段，明教寺
石阶上蹲着的乞丐
如一只只远古的黑瓮

寺院围墙
紧挨着延边狗肉馆
发红的招聘启事
急需两位小姐

杂货铺里
香烛泛蓝
泥塑的花衣财神
紧贴着瓷质观音

叫卖者手捏纸币
在游荡
在发呆，在摇头大笑
冥都的钱币上——
孔雀和牡丹开放

面值：十亿元
行长署名：玉皇

远处,省二建公司
在承建金融大厦
电焊的弧光
绞割着人影……

1996年4月6日

合肥,南郊之春

风吹着凉凉的水坑
墓地里的石碑下
青苔蠕动着,一条蝮蛇在苏醒

牛,独自站在田里
母鸡咯咯地钻入草堆

坡上农妇在挖土
她拱起的脊背上
偶尔略过飞机的黑影

远处是槐花桃花的村落
有人在噼噼啪啪打牌
有人大笑,有人呕吐
有人要去深圳

更远处镇办炼油厂
正向天空释放着火苗

1996 年 7 月 20 日

120路公共汽车

从双岗到南七
多少店面,人脸,多少水泥地和垃圾堆

车内,有人吃石榴
有人望着右手发呆
有人拎着塑料袋——这持续的
撕裂心肺的寂静

坐垫的海绵掏空了
车窗裂口处,贴上了海神花雕酒的广告
有人在招手
上来吧,上来吧!

这玻璃和钢板里
锁着魂魄?
长江饭店有人下车?
窗外的白线上
那夹着公文包的背影
为何急匆匆突然停下

又走回原处?

"激动人心的时刻就要到了！"司机
自言自语
被自己的声音吓了一跳，猛然加大了油门

1996 年 5 月

万家灯火

纸片翻滚着掠过路面
三轮车上的藤筐响个不停
鱼贩子收工回家了

而生活在继续
生活,使水果摊前
哆嗦的老汉
俯身于弯曲的灯火

生活,也使宾馆前的
红发姑娘一边等车,一边尖叫

街道出现瞬间的沉寂
一个急匆匆手拎黑包的男子
突然停下脚步
一时不知所措

1996 年

山居杂记

我们乘船而来，山村正午
炊烟的白练
在栗树顶端飞卷
远处眩目的河水拐了一个弯
在山岸消失
由于日光阻挠
水面倒影的繁星不能望见

傍晚时分，河上泊着黑船
和男孩子赤条条的叫喊……几千年
群山闪着瓦蓝的光
狗从菜园里冲出，打滚
母牛将鼻子探向青铜色渠沟：

我们来到河中挑水，捕虾
任水虻穿梭
河岸上露出农夫的双脚

这身后满目绿草经过多少时光的洗涮？
偶尔掀开草皮，湿土里
会露出红嫩，无名的幼虫

入夜，山腰挤出灯火
汽车前灯
扫过寂静的山峰
群星盘旋
……一辈子时光正悄悄逝去
我们的颈脖感到了光阴的清凉

1995年8月7日

初春，明教寺

殿前柳芭初明
梅朵半谢
枇杷叶抽出了紫红的心
哦，光阴在秘密回旋！
今日香炉边
烟雾纠缠着青铜
松巅挂着残雪
树枝间
还有去年遗留的松果

绕过左厢房，进入藏经室
我不敢移步发声
长久的伫立
使肩头暮霭沉重
转身凝望——

大殿一片血红
飞檐前的漆黑天幕上
钉满了雪粒般的星辰

微光脉脉里
众鸟飞掷，争辩

没有终结……

想起了佛陀的告诫：
我未说的如大地的泥土
我所说的只是掌上的灰尘

1996 年 4 月

耸壁寺

天窗撒下微光
厢房昏暗
很久才瞥见师父清瘦的面庞
我们谈起生死，圣谛
和怎样戒除情欲的烦恼
墙根，一只灰鼠
探出脑袋
它何时能摆脱轮回？

斋饭过后，师父掀开缸盖
让我们察看
他去年自种的稻米
这万千颗粒
尚未露出它的本义

寺外四顾空阔，一碧无际
牛羊在坡上吃草
拖拉机顺着谷底小路开去
身前身后
松树绿得发亮，几乎使人痛苦

1996 年 10 月 4 日

三仙庵

午夜,我独自攀上山顶
三株梅树深埋在雪里
已开出红花

风吹枝桠
落下细雪
一只无名的夜鸟蹚着月光飞走

庵门又黑又重
肃穆的宁静里,只有风在回旋
满地尽是蓝色星光的倒影——

我凝然不动
仿佛置身于不朽的循环中

1996年11月

欢 乐

为了逃避猛禽
母八哥常将鸟卵
藏在树洞里
从前,一个噼啪作响的秋天
我附身屋后
高大墨绿的古柏
双手
伸入树洞
哦,绒草柔软,发烫
但捧出的不是雏鸟
而是一条灰蛇

……空气震颤
狂风中,柏树
飞卷的树冠
如我沸腾的血液
多少秘密的脉管
多少轮回
和生死
藏在我们肉眼看不见的高空

1996 年

六朝铜镜

泥土下莹光熠熠的长眠使墓主消失
但时光的涡流托住了这块青铜
一千四百多年过去
镜面依然光洁
当眉写翠
对脸传红……世代的容颜
仿佛深渊中仰起的面孔

铜镜背面
云鹤在河上展翅,凤凰
凝视乌龟的尾巴
拖入水中……从来就没有不朽
只有对不朽的渴望
故乡泥土
埋藏着祖先多少明晃晃的梦境

这铜镜与麦地上空的满月何异?
月光潺潺
世代如流水
人的影子在水面缄默地形成曲线

1996年11月

麒麟颂

小动物,大吉祥
道路上缓缓移动的东西

消失了很久
如今在我的诗中
又一次消失
那蓝色的鳞甲和长尾巴

斜斜的太阳
向我说出疼痛话语

传说太疼痛,太久远
我在虚幻的图案里念及从前

从前就是麒麟啊
就是雪地和秋天

纸上的文字将把我带走
秋天温厚而清洁
谁也不能挽留

1991 年 10 月

春节回家

暮色渗入远山的山脊
村庄的屋顶散开蓝烟

劈啪作响的梦境里
山水渐渐有了姓名——

界子河,仙田铺,严恭山
凉亭河,李家湾,清水塘

中学门前,有人杀猪,有人烧纸
有人跑步,挑水,有人吵架

裁缝女带着浓郁的福建口音
走出小镇的生意人,在地图上辨认着异乡

曾经的铁匠,红着脸,从小车里递出香烟
风水先生立于黄昏,迎风瞭望——

夜晚的车灯扫过烽火山
如旋转的中心,亘古不变
守护着南边的芦村

公　园

红色夹竹桃的倒影漂在水里
宛如早春未尽的血丝

水面上，凉风轻拂
敞开的亭榭
迎来了白发的祖父和绿衣的孙女

顺风摊开的纸笔，精心
描绘的汉字
光阴缕缕，一笔一划
在小女孩的手腕间柔软地流逝

卖糖葫芦的老汉，俯身观看
忘记了叫卖，沉陷在四月的寂静里

人间没有奇迹
黎明的雨水里，我们也曾这样用双手护住灯火

即 景

公园里的垂钓者蹲在水边
像一块泥土中露头的黑岩

他会将耐心转为惊喜
寂静掩藏着烟火浓烈的人生

水里"泼剌"一声,一条大鱼上钩了
游人聚拢,带着旋风

有人取下眼镜
有人将矿泉水瓶咬在口中

河对岸,有位怀抱白狗的妇人
因奔跑而被野藤缠住了双脚

是的,鱼太大了,还得悠着

大槐树在风中窸窸窣窣
人生,也短暂,也漫长……

第五辑

| 芒 果 树 |

雨

就这样,立起一堵白墙

在规定的日子里
雷声,重重叩击着
遥远的沼地
记起秋风
记起水杉叶纷纷落下
想象里是你
袭击我的白色长廊

没有秋海棠
没有秋海棠的
浓郁芬芳

记忆失血了
就这样,砌接一个一个晴日
旷野里
是否真有一支歌谣?

你贫瘠的面颊
立起一堵白墙

望着杏花上你留下的水珠

我孤独得要死

1986年11月

石　头

你是上帝冰冷的泪水
你是乡间朴素的花朵
你从天边的某一朵云上起身
挂在一棵平凡的树上
沉重的影子垂下
我就是那棵树下
凝望你的忧伤的男人
你抵达穷人的屋顶
轻轻压在瓦上
压住瓦上的风
你看见远离村庄的人们
独自哭泣
你是土壤的母亲
梦见星光，植物和雨水
悲伤的音乐
从你的胸口传来
抚慰我们受伤的心灵
有时是在风暴的夜晚
南天里的闪电
如一根银色的长藤
照亮你，你缓缓裂开
露出短小的芬芳的核心

我所关心的事物
都有如此短小的核心

1986 年

天鹅星座

有时想起自己的命运
于我,那个夜晚注定

神秘
千百只铃铛在林间摇响
阴影自东而来
有人抬起头颅
双目向前
说出我痛楚的名字

从此,我便日夜
钉在天上——

知道时间死于,哪片浅水
知道,彼岸红草
长影千年不动
牛郎在东,西望
青藤已爬满织女的宫墙
人间今夜,也注定有

手插双兜的少年
弯腰抚弄霜打的土地

忧郁望我

我不再启示什么

只是也常常注视
那颗星星，注视岩浆
自圆形洞穴流出
便想起母亲，母亲
你淌泪的双眼
不知在哪片苇荻之下
秋风白露，我渴望飞翔

渴望飞翔，可是
不知是谁
将我日夜
钉在天上

1986年10月

流　星

忧郁的鸟，流动的星宿
我不知道你的名字
我不知道你从哪里来
你寒冷的白翅张开
如两块薄薄的浮冰
高高悬在村庄紫色的屋顶
忧郁的鸟，你缓缓
向天边滑行
往昔是多么遥远
贫穷的叶子在风里
久久流浪散发芬芳
忧郁的鸟，白鸟
碰见种子和水
代我问一声好
碰见智慧的人
代我问一声好
羽毛的光，星宿的光
忧郁的鸟啊，那些
爱我的人
那些不爱我的人
故园的石头和闺女

你都要把他们静静照亮

1987年6月

明月夜

明月夜,妹妹
你在遥远的洲地捡棉花
你身着布衫
穿起秋天的鞋子
单薄的身子,如蓝色沼地里
啄食的白鹭深深弯下
使我想起村姑
也就是过去的年代
那些普通人家的女孩

我们的土地
一直贫瘠
千百年来,明月夜
普通人家的女孩
许多纤巧的心事
不能满足
只有让它深深埋入地底
妹妹,你单纯地劳作着
宿命的江水
在你的身后
泛起白色的潮汐

土层里传来细小的声音
小妹,我在你看不见的地方
永远瞩望
你生存的
安静而又澄澈的背影

1987年10月8日

鸡冠花

怎样填补明月之下
那截白色的距离?
鸡冠花,你幽冥之中的
一声长啼
如一株繁茂的树
一炷青烟,飞檐直上

今夜窗外露冷霜寒
狂风撩拨你,拍打你
我的灵魂步出窗外,宛然
一位消瘦的诗人
伸出左手
抚摸你的面颊
你的长喙啄食我的右手

真想聚集全部力量
撕裂喉咙
作纵深之处一声震天的长鸣

长鸣之后立于曙色
我再静静观看
一片黑色的时间

和一片白色的时间
如何载你
矜持地,渡过深秋?

1987年11月

鹅

清秋时节我静坐池边
你长长的颈脖
无声地扭动
如一团柔软的白雾
由此我想起当年

当年,波罗的海的风
从西边吹来
那个可怜的孩子
是越来越小了,小男孩
骑在你祖先的背上
握紧羽毛
飞过山岗和村落
黑麦田,在身下
如一些墨绿的方格

生生死死,你的家族
如今我只能看见你了
白鹅,你也飞呀

独行旷野
我日日打量天空

总想发现一点新的东西
总想些远方的消息
已是深秋,念起白色的翅膀
我说不知何日

你的祖先曳着后腿
长唳一声,款款飞过
我们荒凉的小镇

1987年10月

鸟　群

我所望见的鸟群寂静无声
它们是否是一些幻影?
在秋天清凉的镜中
代替那些死去的鸟

那些鸟,为何又来到世上?
旷野的珍珠,泡沫
雪花和桂花
身体短小,纯洁,内心明亮
今夜又盘旋在我的心上

明天我将在黎明里死去
我的心就是
那蓝色的树冠和海水
我所望见的鸟群
它们可仍在那空气中翻飞?

飞翔的鸟,洁白的羽毛
一万盏微弱的灯火
在极远的风中燃烧……

1987 年 12 月

天琴座的诞生

那是什么样的太阳?
滑向另一个太阳?
远处闪过淡淡蓝光,七月的
星辰已经死亡

那是谁远离帝国的大门
坐在北风和大河的冰上?

水晶的手指
闪光的手指
远处闪过淡淡的蓝光

冷却的星云
小小渴望旋转的中心
未知的力量
火焰的车轮

在火山和燃烧的山里
在植物和谐的神经中
是谁又望见星球的诞生?

七月是怎样的月份?

树叶为何从高处飘零?
池边乘凉的女孩
为什么总是听见天上的琴声?

1988 年 7 月

庭　院

我在庭院的水里
遇见亲人，那闪着金光的眼睛
望见世间的鸟雀
那是哪一年的鸟雀？
为何有一颗琥珀的心？

我们的葡萄架多么高大
清凉而旋转的藤蔓
传来地底的钟声
那葡萄的目的
那水晶的目的——
我不知怎样才能抵达

翻墙而过的人，已成为
我的父亲
灌木丛中的花朵
寻找它在天上的倒影

在白雪的檀树上
我等你直至天明

1988 年 10 月

亡　灵

我又望见你了
你赤裸的白色的身子
如一团吉祥的棉花
挂在门前的枸桃树上

你是谁的妻子？
为何远离橘花和孔雀的家乡？
像从前一样
你的躯体在露水之下
散发腐土的气息
与寂静和麦秆相依

我不与你说话
我把手伸给你
但救不了你，夜里多雨
月光往往又被西风卷去

如今蝴蝶在深海里飞翔
石头的翅膀就是你的翅膀

你贫穷的脚
和空荡的衣衫

和澄澈的生命
再也回不到出发的地方
你只能在香芹和萤火中流浪

1989年3月4日

芒果树

悲哀的芒果树已经不在人世
赶路人,你如今触摸到的枝叶
不是枝叶
而是一团青光
早年它成长过,充满活力
向空中张开绿色的网
捕捉冰块,鸟和太阳
太阳的红羽毛
永不熄灭的光辉
一切只是消散
没有灭亡——
我的孩子,你说
死去的事物归往何处
我怎么知道?
你看这无穷的路径
这棵树
带着果实失落多年
今夜又从大地的阴影里走出
浮在空中
被我们远远望见

1989 年

星光下的十字架

死去的人,你的微弱的光芒
你的细小的十字花的光芒
交叉在天上,与星光不能分离
我们怎能与你分开

太阳和黎明的血,种族的血
飞行在天上,变成金灿灿的火焰
你的头颅深埋在土里
四肢步行在遥远的水上

深夜我见过你灵魂的翅膀
宛如秋天飞舞的冰凌,敲打着玻璃

我的天空,我的蓝色的玻璃
冰冷,清澈,而又忧伤
反射着不可知的死亡

1989 年

持烛者

正午的持烛者,站在宁静的日光里
和善地,孤独地,没有护送的人
站在树荫和凉水里
白生生的蜡烛
风里的烛光展开黄绸
田野响起霹雳
光辉的露水升起
家乡萦绕在心上
心爱的人坐在古塔里
透过菠菜,平原和言语
持烛者
看见天边波动的天幕
看见微微晃动的蓝镜里
自己的嘴唇
火红而新鲜的嘴唇
倾诉着悲哀

1989 年 3 月

夜 歌

我是越走越远了,母亲
你在百合花中长大,门前的春天
火苗在天边闪烁
风霜的年龄
你织麻,剥豆,弯腰锄禾
闲暇之时指着又一处树林
叫我唱一支什么样的歌

有一场雪至今没有落下
天空与平原之间,是一片金黄的屋顶
巨人们打铁的地方
岩浆四溅,母亲
悲伤的信息正朝我走来
而我的希望即将落空
我所期望的事还未实现

早年秋天南飞的大雁
怎么还不飞回,碧波上泛着白沫
它们是否死在丛林

夜深人静
谁家的婴儿率领着萤虫

照亮我们曾经歇息的田垄

多少闪电纷纷断裂
让我们眺望那高高的山上
红枫，乌桕，神女
和那崇高秩序炫目的光

1989 年

顶　端

我见过你的身影
那是天真的黑色的丝绸从顶端飘下
触及到人类贫瘠的花园
你是无助的
你在晴天察看手掌
星球的噪音
如痛苦的水
在掌纹间冷漠地回旋

不管有上帝还是没有上帝
你都感到不安
你为信仰流泪

谁还在这样的时代关注心灵？

母亲们，智者深夜踱步的声音
预示着陆地的渺小
你们外出
别忘了把家门锁上
大风会把你们的孩子刮向海洋

1989 年

下雪的夜晚

雪落在铁锹上
我看不清牵牛回家的人

父亲手提黄铜的大刀
在一棵槭树的阴影里滑倒

把那些花一朵一朵贴在墙上
把云里的闪电抽回
那醒目的芳香

草木都白了头
野兽和孤单的星
更红的火焰向我们合拢

你已经不在
你脚印下的消息我早就知道
我只有现在走了

1990 年

昼夜平分时

这是春天和秋天的光芒
这是镜中同一种事物
一只鸟带来更多的鸟
乌鸦和白鹭在两边飞翔

我们早就准备好了
一扇窗户开在树上
哦,多少鲜艳的大火
坠落天边
黑夜依然在我们体内

那四处奔走的
带走光明,我所热爱的人
破裂的昔日瓷片
围绕着一个虚妄的中心

一支火焰熄灭了月亮
谁也不会知道
黑暗还要停留多长时间

1990 年 6 月

荒　地

最后一捆稻子
由农民的女儿收割
她把它带回家里

运粮的马车又高又大
木箱里的稻米
披戴白色小花

稻子放进仓里
旧犁和水车放在一起
空出的地方作为新房

最后一捆稻子
等待春天——

每年春天
一只小小的竹篮
一盏灯，一领新席
两束稻秧紧紧捆在一起

1990 年

夹竹桃

秋天的丝绸,危险的婴儿
红花和蓝花
你看你把美深藏在鲜血和翡翠之中

你回过头来
是什么声音惊醒你?
有人在深夜离开枝头
你飞离枝头
早逝的乌鸦羽毛变白
贴着地面无声地飞走

星辰垂落
水声嘹亮
我是谁,我是否
就是那遁行于地的白光?
多么忧伤的花朵
明亮的婴儿
构造和力
已经不在人世……皮肤冰凉

世间的光阴多么短暂
是谁为你取走薄薄的衣衫

血液和宝石已经不在人世
多么短暂

1990年9月

马和冬天

冬天的马,蹄声被雨水浇灭
温热的鬃毛,跳动的心
石头和海水的马
抬头望见天上的杏花

是什么坚实的东西已经消逝
却未曾呈现
一匹冬天的马
如何进入飞翔的宽阔的春天

光明远离事物的核心
闪光的马匹给自己布下阴影
哦,马的身影垂在地上
如母亲单薄的蓝色的衣裳

你是否知道,冬天的马匹
你的身影正从脚下飞起
那是一匹更为坚实的马
一路把蹄声和雨水留下

冬天的马匹站在深渊的边缘

即将诞生的马站在马的边缘

1992 年

春 天

早年的春风吹醒走动的人
天边成群的孩子笑着回家
那唯一显露的瞬间
使人们彼此相信
没有什么是可以遗失的
譬如：白骨和樱桃

可少女为何独自一人
在梦中被青草烫伤双手？
河床上只有鸟
和微微抖动的衣裳
山峦传来隐隐的轰鸣声
老人们陌生地凝望

我没有一句要说的话
这病痛与生俱来
我已不再对痊愈抱着希望
只有一种东西还是自由的
它从我眼中流出

1990 年 6 月

对　话

你把云朵垂向我
那细小的琴声就是你的琴声
绸扇正远离夏季
在火把晶亮的队伍里
在七月，你缄然无言

我是看不见你的
你的伤口停留在悬崖的路上
在人间，那是
你唯一不愿收复的花朵
在灾难的大海之上
一道红光会刺穿我的眼睛
而黑夜猛然从天上降临

往昔秋天腐烂的银币
和橙黄的叶子告诉我
野兽曾经奔跑
蜜蜂在雨天来到人世
炊烟雪白的长发飞扬
你把云朵垂向我——

我是看不见你的

深渊之上,你的热情

恐惧和爱

熄灭了一切人类的天才之光

1989 年

生　存

生存着的人，内心怀揣积雪
望着天空，乌云和白云
不知失去了什么
不知需要什么
和将喜欢什么，不知
有没有一种野兽
对自己熟悉
想起前生和来世的痛苦花朵
用怎样悲哀的脸
垂向水边
把盐粒和活水弯曲
把时间从两侧向中间扳回

活着的人，走在山脉里
或坐在平原上
握着死亡坚贞的手掌
记得曾对自己说过
如果可能
我要尽力把你留在，活着的人中间

番　茄

番茄是天使红色的足迹
熟睡的灯,夏天的谎言

我望不见它,望不见
微小的天堂之火
偶尔在七月的夜晚洒落

番茄是我们可怜的末日
死亡的镜子,情人的心
深夜池塘边迷路的人

现在是七月
亲人们消失在池塘

我一生的写作是怎样的仪式?
红砖的太阳,黑铁的鸟
我为何重复那些名词和往事?

小小番茄,你何时坠落?
请你带走我秘密的挽歌

1992年1月

去年的月亮

一

松树林中的鸽子咕咕鸣叫
母亲穿过寺院的屋廊
她手中的白银器皿
隐约传来泉水的声音

母亲是从海上来的?
远远望去
她像一艘灯火通明的船只
去年秋天的傍晚
母亲穿过寺院的长廊

一堆大火燃在天上
去年的船只转过树林
秋夜寥廓
传来泉水叮当

二

你的水流过园子,这宫殿

这脆弱的船只
为何一动不动？
母亲啊，白鸽子
正飞在你的前面
追赶着一场疾病

愿你健康而快乐
愿你的地毯干干净净

我只请求
你把我暗淡的年华收回去

请求你高悬的
愤怒宫灯
照亮一万座白雪的山顶

1992年1月

第六辑

| 昨 夜 的 星 |

安徒生在意大利

驿车开动了
远处的河堤在燃烧
帆船掠过村庄的屋脊

繁星闪烁的春天的夜晚哦
驿车开动了,黑夜
容纳了无处藏身的人

驿车里,几位
皮肤黝黑的乡下姑娘
青春的发辫
散发着幽香

面孔白净,楚楚动人的男青年
他有一个急促的主张
他有一个比喻

酒精在平原上流动
车内昏暗,在他的叙述里

常春藤伸向低矮的星空
每个姑娘都是公主

都各自拥有难忍的幸福

夜晚更黑了
姑娘们腼腆地听着,眼里
噙满泪水

驿车又开动了
在偏僻的小镇,姑娘们
用红润的嘴唇
吻着这位神奇的陌生人

蔷薇消失的春天夜晚哦
树林在风中喧嚣
马儿打着响鼻
帆船掠过远处村庄的屋脊

1987年10月

秩 序

在绿色森林的深处
我看见清澈的湖水
包含炊烟和鱼的湖水
水底的村庄
矮小的门开着
荷锄的男人
一只脚已跨出家门
就在那一瞬间
湖水凝固了
凝固的湖水宛如墨蓝的水晶
静静升起
升到高处,与山峰平行
那暗淡的蓝光
将周围的群峰照亮

1988 年

夏 天

在夏天我总是离开自己
你听我没入海水中的声音
多么微弱,那短小的白光
是我的光
我的骨骼与血液的光辉
在紫菜和鱼群间来往

我们是一些多么贫穷的
在闪电的光亮中伫立的人
如今在鱼群中来往

穿着黄裙的花朵,萱草的花
弯腰扫地的母亲
与婴儿作伴的燕子
以及在星光中点燃蝴蝶的少女
你们代表另一种美丽

我的没入淤泥中的眼睛
告诉我,在夏天
空中飞翔的马匹、矿石和月亮
正以善良的音乐
寻找人的耳朵

以另一种轻盈
抵抗我们内心的重量

1988 年

昨夜的星

昨夜的黑暗回到白天
那颗星就在门前
如此强烈的愤怒几乎将我推倒

你是我梦中收到的礼物
冒着太阳和雨滴的危险
你是我身边的人
为何向我述说光明

没有光,没有春天的马
能够挣脱桃花
和空中白色的缰绳

一夜有多少不能分散的事物
没有一颗星辰不是虚设
在一阵寂静中
沉落的心感到莫名的悲哀

1989 年

倾　听

我倾听远处细微的声音
在事物寒冷的中心
是谁踩着无形的轴线
在那里来回走动？

死去的人，银亮的雨点
那么多奴隶和君主
无以言表的疼痛
如今消失在何方？

三月的树叶簌簌作响
那么多人消失在何方？

白色的灰烬如雨点飘落
地上本没有人
漫天飞舞的耳朵
只能倾听树叶细小的声音

1989 年

灯　火

那是小小的人间的欢乐
群鸟飞临，那是白色和蓝色的鸟
把人群带往更深的幽暗中

树枝下的人
在没有惊恐的年代
用果实和血液照明
银色的女子溯河而上
发亮的珍珠回到家乡

只有在芦花和河水的深处
悲哀的姐姐手持红色的灯盏
真实的歌手保持着寂静

1989 年

盲　女

卖唱的盲女，人间的姑娘
坐在雪亮的海水上
对着炊烟和果园歌唱

那里的播种时节
男人手扶太阳的光芒
走下山坡，用雪水洗涤着双肩

彩虹出现了，卵石和雨水出现了
小小的引路人，你看
这溪流中母亲的白云和长发

平原上炫目的白剑指向大海
永恒的溪流指向燃烧的大海
盲女在果园上空平静地歌唱

1989 年

雪夜去看父亲

梅花隐藏在深处
平原上的山羊越来越白
白得看不见了
我逆着西风,我知道

一束星光落在父亲的肩上
那是天上谁的手臂
使我感到双倍的孤单

我永远也摸不着,父亲
你终生热爱的水下的尘土

借着烛光我望见一只喜鹊从玻璃中飞来
父亲,你背对着我
是否真的另有所爱

1989 年

砌墙的手

砌墙的手,乱世的刀刃
逃避秩序和星光
那是双目失明的手
是怎样的意志控制着它
现在,那双手
触摸到了坚硬的石料

石料的纹理多么清晰
蕴含着自然的法则和诗意

砌墙的手顺着纹理
将石料劈开
切割、分离
面对久远的存在
那双发现的手
默认无声,陷入沉思
沉思良久
尔后又迅速堆砌

1989 年

火　灾

我们唯一而仅有的生活
已经熄灭，火焰已经熄灭
有一年泪水布满山峦

我们如此冷静地面对火灾
当火光照亮我们左侧的身子
有谁能看见我们右边的黑暗？

地层深处传来断裂的声响
快乐袭击着人类的心脏

我的波光粼粼的父亲
我的父亲和我，坐在梨花飘飞的湖面
看见火焰的枪尖闪烁
诱人的绵长宝剑
由枣红转为黯蓝，静静地刺向天边

1989 年

四 月

你在雨里见到我
多么残忍
多么疲惫的时光
哦,我的兄弟
通往童年和乡间的路在哪里?
你看我的身上
布满蓝色忧伤的水滴

在艰难而困苦的时日
我总是想念母亲
在十一扇窗户前
在红绸一样的空气下
我聆听我自己——

这个月已经结束
它白色的尾巴消失在天际
今夜不知幸福
扫过了多少善良人家的屋脊

1989年4月

樱花与波光粼粼的水面

病中的男孩望见樱花
在屋前水边,在乡下
多少散乱的钻石,言辞
平淡的布匹和低飞的云
微风吹过田野
病中的花……

落花时节,人们群聚
在黑色的山坡上
相互察看手上的光芒

茫然的眼睛,蓝色的畜群
晃动的屋顶
哦,微风吹过水面

樱树的梯子伸进水里
清香扑鼻,火焰清凉
白色的樱树在水底自行燃烧

1990 年

桥上印象

亚热带季风温柔地漫过石板桥
是初夏微醺醺的江南夜

是星星安娴地熄灭在远天
是清浅的河水唠叨着从桥下走过
是浣衣的女子
深深浅浅从桥上走过
谁也弄不清她们为啥显得匆忙

两岸有橘黄的窗,倒影
延伸为悠长悠长的情绪
小木船亮起了桅灯
亮起桅灯的小木船飘远了

远方,蔚蓝的辽阔
吞噬着日月
有涌浪绽开缤纷的鸽子花
有大陆飘向满张的风帆
哪天我们远走世界
也点亮心中的寂寞和祝福吧

1983 年

柏树桥

在那里，空旷的故园门前
溪水送走白色的波涛，宛如
橘花辞别枝头
柏树桥，念你的名字
我便知道曾有一棵古朴的大树
倒下，缓缓转入风尘
冰凉的岩石上空
月亮，点亮微黄的灯盏
夜夜照见你紫红的面孔

纷乱的刀光在吗，远古
士兵杂沓的步声在吗？
柏树桥，往来多少痴情的女子
驻足于你的身前，悲伤的手指
急遽放入嘴中
死死呼唤
那负你而去的身影在吗？

我单薄的童年承受你的恩泽
仿佛，你身下浑圆的卵石
晶莹开花，颤悠悠地

曾打你平实的身躯走过
回首一望,祖母早就亡故了
轻摇的烛光下,母亲
也日见苍老
那一声温热的嘱托
如泪染的云朵
自你那端湿湿传来——
儿啊,你走好

1985 年

乡村之祭

外公,你已逝去
木舟顺着河流划得很远
山腰的麦苗宛如青雪
平软地铺展
风啊,摇着小桨
敲打门前梨树悬挂的白花
我把手伸给你
五指走过黑发飘飞的
幽冥长路
也不见你踏步归来
外公,你的世界
云和星星
宛如铜质的小蝶飞起
围绕太阳,那样
一朵斜插天空的紫花

我再也见不到你
树荫之下你的墓碑
多么贫瘠
彩虹弯弯的路
落日在群山的尽头

外公，你已逝去了

1985 年

茶

那是怎样的一种植物
在平净的光里摇曳
嫩嫩的芽尖
刚好触到我生命的痛处
我见过它
在南方向阳的坡地
一群灵巧的麂子跑过
穿雨衣的采茶人
如一些红色的鸽子
我盯着它们
在我的目光里
那单薄的叶片
由淡绿转为墨绿
迅速卷起，扭曲
扭曲得更紧
如一枚枚黑色的钉子
轧入异乡的土地

1989年5月

忆往昔

那时你还小
白天上课时,总有一些
古怪的鸟停在窗前
晚饭之后,你在
麦地边缘读书
那时,你的双脚深陷在
黄昏温暖的空气里
暮色缓缓变暗
南风起伏
小麦在你的身后
泛起大片粼光
亲人们像蓝晶晶的水滴
悬在四周的大气里

1986 年

白崖寨

你的长墙
是痛苦的巨蟒
扭曲七百年

从听雨门走过
听清泉啜血
听杀声点点渗向苍天

号角糜烂成泥
历史倾圮成一片土地

箭镞射不穿漫长的风雨
千枝万枝
生长成郁郁飘拂的青栗

山下，外婆是一株蜡梅
正开出花来
曾倚你而望
群峦积雪

蓦然回首，外婆青冢如巢
寻你，伴你

悬在你高高的枝头

1984 年

南　山

夕阳用红蔷薇装扮你
南山，你入梦可安宁

思念点亮一盏孤灯
今夜晴朗
今夜有远去的蹄声和身影

有苹果花
有月光轻泻的小径

今夜南山
我将烟头伸向你
用目光一节一节敲打你
又怕你，摇摇尾鳍
游回远古的北溟

1984 年

那年水灾

夕阳的鞭子浸在水里
又红又长,奶奶
到邻家借米
小船
走在炊烟白色的路上

事隔多年,依然
有梦里的鱼群
在门栏下轻轻唤我
说是那夜
母亲没有死

她的长发绞断了波浪
母亲没有死

1984 年

屋　檐

我家的屋檐

曾经雨水飘下

如一块紫色的绸子

燕子飞进又飞出

桃花开时

青色的箬笠上尽是雨声

我家的屋檐

一片枫叶，深深刻入

屋下的石径

从此时光，永远

也磨灭不掉

那掌心的红影

我家的屋檐

有时挂满冰凌

幼小的弟弟穿着碎花的袍子

一支歌谣轻轻唱起——

昔我往矣，屋檐低低

今我回矣，屋影凄迷

1984 年

绣蝴蝶的地方

绣蝴蝶的地方，百蝶图上
有一只凤蝶，款款飞离
墨绿的缎面
伏在窗外的牡丹花上
绣蝴蝶的地方
那个女孩急急地说
我明明绣了一百只
还有一只哪去了

绣蝴蝶的地方
太阳在巨大的蓝布上
呆呆滑行，春天了
孩子们走进油菜花里
七彩的粉蝶便纷纷转身
粘在奔跑的鞋上

绣蝴蝶的地方，不管是
凉帽冬鞋
还是平平常常的围兜

在寒冷的冬天
都有粉翅轻轻拍打

传来朴素的声音

1986年9月

祝　福

祝福那躺在桥上的人
他的影子，偶尔出现的长虹
被西风吹断
祝福西风和断裂的人

砂粒从水银中升起，暗中
流失的光芒再一次流失
不会回来，仿佛灵魂
我祝福他们——

若是刀刃在你的体内
你在风暴的中心
明亮，挚爱，满怀恩典
我就正好站在你的身后

谁是第一个在房屋和竹子间
接受祝福的人？

在春天的万花丛中，在三月
月亮下我握紧双手
懂得了爱

可是我却再也望不见你们

1989 年

槐花飘落

被月光烫伤的人
在黎明骑着一匹白马
一堆积雪,一堆云飞奔
直扑家门
身后寒冷的羽毛纷纷
这个淡如泉水的季节
槐花说,一些事物正在坠落
我看见槐花正在坠落
去年芬芳的宝石
今年的花朵
穿过云层和海水,槐花
你这么快就开始了漂泊

满地寂寞的白色的光
你看黑夜的天上
正飞翔着冬天失去的天鹅
那么多疯狂的影子
或者虚无的声音

我就是这样
在星光照耀的夜晚长眠不醒
在最柔和的西风护送下

最远地离开家
走向所去的地方
就是槐花飘落
尖锐的歌刺穿我的耳朵
我也不会醒来,妈妈

1989年5月5日

降雪之前

降雪之前枫叶铺到天边
寒冷的气流
在我的头脑里,如一些
临空抖动的蓝绸

旷地里飞跑的小兽
用风洗刷它的爪子

远古桥边卖雪的少女
寂静的少女
听见身后积雪
压折树枝的声音

降雪之前地平线上的星辰
异常明亮
那是我孤单的灵魂在发光

1986 年

为糯米而作

什么声音从祖母

温热的手掌间升起

空中布满神奇的星相

那是糯米在漫天飞翔

糯米,地上的粮食

香甜的食物

大自然原始的力

积雪和炊烟望着你

飞鸟和湖泊望着你

除了你,谁能真正感受到

你快乐而惨痛的光芒

春日燃烧的星球

在河流与梦的边缘

散发着蓝光

那时,男人的话语有多庄重

妇女的手臂有多悠闲

赤身裸体的姐妹猛然醒来

那白皙的肤色

就是你珍珠的颜色

可是如今

我们忘却水,屋檐和稻田

已经很久了

忘却我们贫苦的家乡
已经很久了,依稀记得
有个世界
人的世界
糯米,你看
无边殷红的雪地里
祖母正倚着春天寂寞的芭蕉
在观望什么
一万只秋雁
排成弧形的曲线
掠过她尘土的双肩

1986 年

读油画《坐着的恶魔》

深夜,我的房门
自动启开
我感到了你超人的力量

灵魂在哪里,属于你的
真正的死亡在哪里?
你狂暴的头颅上,发丝卷起
仿佛失意的大手
于无边淡紫色的虚空里
是在摸索那条返回家园的道路么?

恶魔

自你紧盯的那朵黄云下
我看到了南风里坚硬的海岬
面对撕碎的船骨
发出笑声,并非邪恶
并非凶残,你俊美的身躯里
只有炙人的蔑视与叛逆
你坐着的时候
神祇们都死了
三角祭坛

仿佛银亮的谷粒
播撒在漆黑的光里

假如能越过另一种时间
我会将你苦苦追寻,你
是否知道,对于我们
深渊是共同的
面对尘世,犹如
面对蛛网

在高岩的绝顶,牧夫星座
巨大的风筝临风静默
石罅渗出泉水
哺育薄土,哺育你身后繁盛的花朵

你坐着,恶魔
只要生命不死,你的
意志,时刻都会向远天发出
挫败一切的气浪
连同你的神圣

你的自尊
你高贵的孤独和悒郁

1985 年

一年三熟

朋友,你来此地看看
一年三熟,众多的作物
在季候和泥土中飞旋
交缠风雨,谷雨过后
南风淌成水流
在稻秧纤细的脉管升起
犁耙水响
秧歌推开雨中的门扉
那优美的弧线
曾深深溅湿水牛
劳碌的背影,朋友
你来此地别问
是哪一片蕉叶,将雨水
吹到你的头顶
在这个湿漉漉的纬度
入夜,你任意立于
那棵古树下,都能
听到早稻田青色的呼吸
透过星辰般的黄梅
那磅礴而出的绿色的火焰
来自稻田,那狂舞的
碧绿的飘带

有如潜潮下的海草

来自稻田

又是三星高照田滕

田埂抖开黄色的大旗

横铺原野，早稻熟了

收成是好的，朋友

这都来之不易

七月骄阳下，你听听

那些野生植物辛酸的哭泣

你便知道，自从先人

第一次驯服这黄金的谷粒

它就从未中断过播撒

这块热浪下的土地

就从未休闲

朋友，假如你能弯腰

将手触摸到水田

你便明白

盛夏时节，日光怎样将一片

炎热的大瓦

烙上你的脊背

你能瞩望，晚稻

在秋风里如意地成熟

一年三熟，朋友

这都不是

只有初霜打湿山麓

雪飞旷野，鸡叫三遍
小麦与大麦，蚕豆与豌豆
冬薯与油菜
又以青禾般的歌声
覆盖冬眠的泥田
一年三熟，你听我歌唱
朋友，这不是模式
不是替换的风景
这是我们星球的表层
云雨之下
土地青黄交接的书卷
农业，就是如此
春夏秋冬，翻卷着富庶
翻卷着人类生存其中的
悠闲的坚实
而又沉重的步履

1985 年

小池塘

杨柳枝
垂下幼细的雪粒

母牛,卧在池塘边
甩打着黑色的牛尾

啊,春天
春天还远

细小的蓝色光焰
粘在渔翁鸟的背脊

塘岸上
亲人们一动不动
如一枚枚黑色的铁钉

春日迟暮,我的小村

停留在南瓜,苋菜和豆类的边缘
犁停留在风里,土墙边
大地上黄光一闪
油菜花开过,春天逝去
如我早年黎明里丢失的一件衣裳

弯腰捡拾橡子的女人
捉鸟的女人,我梦中
先知的手
垂放在红鹿肥硕的腰前

在深深的夜晚
我聆听野小麦爆裂的声音
如微弱的鼓点
还有野牛咀嚼谷物的声音

吹过胡椒和水的风哦
也吹在我的心上

1989年6月

节日之喜

每年,元宵节前后
我们都在村前的石阶上守望
田野的风
吹凉了乌鸦的羽毛
严恭山上总游来一条银色长龙

啊,花灯,狗,孩子
云母色的光近了,还有冒着热气的脑门

笛声使打谷场渐渐安静,
散落的稻草上,贴着长白胡须的古代君主
开始指责公主大胆的爱情
踩着高靴
缓缓前行的,是腰悬宝剑的威严将军
书生,穿着绿罗红缎
黑脸的官员在审判

松树干上,不知是冻僵的蝙蝠,
还是干枯的茯苓
我偶尔低头,发呆
醒来的手掌里
夹杂着午夜银星的粉末

深夜的院落,捻灭的灯火
快乐像一阵寒风
又去了黑暗深处的另一个村庄

乡村,正午之光

你好,鹁鸟

你好,鲢鱼

你好,柳树梢头乘凉的乌龟

你好,杉树林

树林里的野兔

你好,草地上

湿热的牛粪

你好,晃动的竹影

安静的墓碑

冰冷的井水

你好,手捧竹筐

急匆匆回家的妇女

你好,田野里辛勤劳作的农夫

太阳明亮,令人目眩

因为疲劳,所以耐心

我对眼前的一切还缺乏定义

也没有所谓的人世间的对立

南方村庄

南方村庄
房屋酣睡在山麓
拱桥的两端斜插在地下
河水哗哗
一棵巨大的红枫,如燃烧的火炬
立在河边

收割后的稻田里
乌鸦在觅食
牧鹅姑娘,挥舞着长枝

她会长大,远走他乡
衰老,死去
但是一弯新月还会回来
细长的山藤也会,年年泛青……

跋　追忆

祝凯鸣

回忆像一束光，我需要回到光的源头——童年，那是个性与人格形成最丰富的矿脉。光源最初的部分是在母腹里，三岁之前的记忆变得十分模糊，我竭力去捕捉只留下隐约的幻影，倒是一些童年的往事在记忆里渐渐变得清晰。

> 清凌凌的池塘里
> 黑龟漫游，忆起前世
>
> 更深的波光中
> 是山间小庙橙黄的倒影……
> ——《庙宇山的池塘》（1995年11月）

我的家乡在皖西南一个僻静的乡村，宿松县凉亭乡烽火村芦屋组。宿松古称松兹侯国，这里有着成片的松林，四周起伏的丘陵。我与哥哥凤鸣就是在这片美丽、静谧而闭塞的乡村长大的。凤鸣出生于1964年8月16日（农历七月十二日），我们兄妹四人，凤鸣为老大，长我一岁，我下面还有一弟一妹。父亲是乡村小有名气的木匠，性格温和，多才多艺，经常外出到邻县太湖的山里做木工，最远时去过江西彭泽。母亲在家务农，善良、倔强、要强，一个人操持着家业。

乡村童年生活是快乐、无拘无束的。虫、鱼、鸟、兽与我们为伴，在河沟里捉泥鳅，到山上放牛，采蘑菇。有一年发大水，池塘里的鱼都跑到秧田里了，我们卷起裤腿，扑到水田里抓到了几条鲤鱼，弄得浑身是泥，心里却喜滋滋的。最快乐的莫过于夏天去河里游泳，有一次被外公发现了，把岸边的衣服全部收走，我们只好光着身子回去，还挨了一顿竹条，把大腿抽得通红，背地里我俩却偷着乐。夏天，天黑前我们早早地把凉床摆到门口塘埂上，看西边火红的夕阳，夜晚数天上的星星，听大人讲一些远古以及家长里短的故事，幻想着山外面的世界。

许多星星消失了，一年年
它们的光芒依然在高处喷射、传递
沉落在另一片铁青的旷野
　　——《黎明》（1996年2月6日）

"我看到一只鸟飞到湖北去了。"哥哥说。"在哪里？"妹妹急切地问。母亲笑了笑说："这孩子尽讲些怪话。"凤鸣留在我儿时记忆里，就是这样诙谐、有趣，却与众不同。

乡村的冬夜是寒冷而漫长的，风从纸糊的窗户缝隙间扫进来，我们不禁打起寒战。二十世纪六十年代，中国农村是极其贫窘的，缺衣少食是生活的常态。尤其是春夏交替、青黄不接的时候，早稻还未成熟，米缸就已经见底了，只有山芋可以充饥。一天三顿换着法子做山芋吃，山芋糊，烤山芋，山芋粥里偶尔漂出几粒白米就是莫大的恩惠了。冬夜我与凤鸣挤在一个被笼里，彼此用身体取暖。外面黑黢黢的，偶尔能听见狗叫，坡顶上松林发出簌簌的呼声，还有夜隼的鸣叫。我们在享受童年欢乐的同时，也体味到生活的艰辛。

小学在村东头的山坡上，由村里队屋改造而成。堂叔祝庆东是我们的老师，他一个人教授语文、数学、音乐、体育全部课程，常常从低年级一、二、三年级转到高年级四、五年级上课。因为没有球筐，打篮球时就在地上拍拍，然后往空中高高抛起……跑道是我们自己用锄头挖出来的，有没有一百米也不是很清楚。有时，晚上会在操场上（其实就是打谷场）放露天电影，男女老少都端着板凳出来观看。我们就在银幕前后跑来跑去，把自己的影子映在屏幕上，引来大人的叫骂声。童年就这样懵懵懂懂中度过的。

我们一边上学，一边帮母亲干些农活。一年四季，无论晚上睡得多晚，天刚蒙蒙亮，母亲都会早早地起来，干活，料理家事，她瘦小的身体里仿佛集聚着无穷的能量。正是母亲的坚韧与执着，给了我们前行的动力。凤鸣自幼聪慧、好学，学习成绩一直名列前茅。小学作文常常得到堂叔的表扬，上凉亭初中时就获得县作文比赛二等奖。凤鸣喜欢博览群书，我依然记得他埋头看书的情景。1979年夏天顺利考上程集中学，属地区重点，当时宿松县最好的高中，这让父母亲感到无比自豪，也成为村里孩子以及我和弟弟、妹妹学习的楷模。

奶奶留在我们记忆里的是一个走路摇摇晃晃，风一吹就会倒下瘦弱的老人。爷爷在哥哥出生前一年走的，据说力气特别大，一边做农活，一边帮人杀猪。还记得小时候我们常常爬到阁楼上，去玩屠夫用的器具。奶奶是小地主家女儿，裹着小脚，出门要拄根拐杖。记得我三四岁时她带我回娘家姜屋，大夏天看见一个地主戴着高高的纸帽，被人用红棍压着游斗，他跪在天井里一直在流汗，让我心生畏惧，感觉他好可怜。哥哥是长孙，自然会得到奶奶的宠爱，他时常哄骗她，逗她开心。奶奶患有哮喘病，常常咳嗽，却喜欢抽水烟。有时哥哥偷偷把水烟嘴塞上，她死劲抽也抽不动，我们在边上偷着乐，使奶奶无比愤怒："这些小畜生。"她抡起扫把追着我们打。正是在这些嬉戏中，哥哥与奶奶建立了深厚的情感。

在那个年代，成分不好要遭人白眼的，奶奶却不放在心上。我记得她住在里屋，窗户不大，她也不喜欢开窗子，房间有一股很浓的气味。后来她咳嗽越来越厉害了，深夜咳个不停，时有咯血。严重时请村里赤脚医生遵义叔来吊瓶水算是治疗啦——凤鸣诗歌里描述过红色的药箱在树林间闪耀。奶奶卧床几个月后，于1980年春末驾鹤西去。奶奶的离世，给远在二三十里外求学的哥哥以沉重的打击，伤痕永久地存留在他心中，或许这个变故是凤鸣诗歌里伤感的来由吧。

父亲为家中独子，在乡下有些势单力薄。倒是母亲姊妹八个，生在大户人家。小时候放寒暑假我们最喜欢就是去外婆家，大别山脚下趾凤乡土地畈，背靠大山，南面一条大河，河水清澈，舅舅们常常带我们去河里抓鱼。外公在当地威望极高，说一不二，小时候我们都有些怕他。大舅是乡村小学名师，对我与哥哥要求极严。在困难的时候，外公全家给了我们极大的物质与精神援助，如一团暖流滋润我们幼小的心灵。外婆也是个小脚女人，却特别喜欢古籍。她不识字，小时候常常叫我们读《隋唐演义》、《水浒传》和《红楼梦》给她听，百听不厌，《水浒传》一百零八将她会如数家珍。有时候我读错了人物名字，她就会大骂起来，直夸还是哥哥读得好些。

1981年7月凤鸣考上安徽师范大学地理系，也是烽火村第一个走出去的大学生。那份喜悦无以言表。那时交通极不方便，到芜湖先要去凉亭镇坐班车到安庆，然后再从安庆转轮船到芜湖。每天清晨五点多只有一班车去安庆市，到镇上要走四华里多的山路，父母亲早早地起来，打着油灯去送他，这个情景深深刻在他的记忆。自此，凤鸣便离开了生养他的故土，踏上他乡求学的旅途。故乡如烙印一般深深刻在他的记忆中，而母亲手中的灯火也照亮他的路途。

现在夜色初降

蓝色小路在心上显影

长夜漫漫，我只有一个愿望

手扶月亮的纤维

我要重返故乡——

——《青桑地》（1994年3月）

在哥哥的激励下，我于1982年7月也考上全国重点大学重庆建筑工程学院土木系。孩子们的成长给父母亲带来极大的欣慰，也让这个贫困的家庭看到了希望。二十世纪八十年代初正值改革开放初期，思想解放，大家满怀激情和对未来的憧憬。我们非常珍惜这个难得的学习机会，如饥似渴地汲取各种养分。当时大学各种社团、论坛风起云涌，在这种思潮的感召下，凤鸣大量地阅读西方哲学、诗歌著作，如柏拉图、尼采、叔本华、孟德斯鸠、笛卡尔等大师作品，泰戈尔、叶芝、狄金森，还有庞德、聂鲁达、艾略特诗集成为床头必备之书，记得有一次他弄到一套《美国当代诗选》，如获至宝。那时买书、读诗、写诗成为一种时尚，也是炫耀的资本。诗歌讲座、文学刊物被年轻人所追捧，诗人成为当时耀眼的明星。

青春是让我们宣泄和奋进的基石。我在渝州攻读建筑，凤鸣在江城研习诗文。从上大学开始，我们便聚少离多，但常有书信往来。渐渐地我知道他上大一时就在校刊发表散文，好像写的是家门口那棵枫树。后来进了校报任编辑,成为江南诗社创办人之一。当时,经常听他提起安师大沈天鸿、钱叶用,还有凤群等诗人的名字。爱诗、写诗成为他心中的执念。因为受大环境以及哥哥的影响,我在大学期间也加入读书会,还有武术学会。在攻读建筑学的同时,我也大量阅读了哲学、诗歌等书籍。

1985年凤鸣大学毕业被分配到黄山太平县仙源中学教书,本来说要留安师大团委工作,据说被人挤掉了,这让他感到些许失落。或许正是这种落寞与孤寂,还有那片美丽的山水,孕育了他内心的诗情,在太平他写下《枫香驿》、《请求》、《正月的美丽》等一组优秀的诗歌,那时他二十四五岁,风华正茂,才华横溢,充满了幻想。我记得1985年他写的《明月夜》、《湖畔》、《白夜》与海子的诗作同时发表在《中国作家》刊物上,给了他极大的鼓舞。

1986年我因为路途遥远、学业紧张,没回家过春节。哥哥因为感觉在乡下没有前途,独自跑到四川、云南、新疆闯荡去了,弄得母亲独自在门口默默流泪,思儿心切,茶米不进……正是这次游历,让他结识了一批优秀的诗人,也感受到山川之博大。1989年底凤鸣调入马鞍山五中,结识了南京柏华、韩东,上海陈东东等一批优秀诗人,与杨键的交往正是从马鞍山开始,当时他还是二十岁的毛头小伙,后来两人成为挚友。1991年底凤鸣被抽调到《诗歌报月刊》做编辑,1993年底调进安徽省社会科学院工作,1998年至2008年期间在安徽电话台兼职做编导,在社科院当代研究所任部门主任、研究员,直至他离开。

上世纪九十年代我与凤鸣相聚较多，经常一起进书店，逛旧书市场，泡茶楼，讨论诗歌、艺术，结交诗友，偶尔也会跑到地下舞厅放松一下。那段时间，合肥艺术氛围相对活跃，有著名诗人梁小斌。其时他主要从事随笔创作，思维活跃，哲理清晰，与凤鸣一起往往成为谈话的中心，一起研讨诗歌的要旨和生命的意义。美国的狄金森、弗罗斯特、庞德、艾略特，德国的荷尔德林、里尔克，意大利的夸西莫多、蒙塔莱，英国的济慈、叶芝、希尼，俄罗斯的帕斯捷尔纳克、阿赫玛托娃、茨维塔耶娃，西班牙语系的希门内斯、博尔赫斯、聂鲁达，这些世界一流的优秀诗人成为我们研讨的中心，从古老的但丁、莎士比亚、普希金，到现代的意识流、自白派、表现主义、超现实主义都有广泛涉猎。改革开放的大门刚刚打开，各种思潮风起云涌，让人应接不暇，各种诗歌圈子、民间报刊如雨后春笋应运而生，从八十年代一直绵延至九十年代中期。当时在合肥的还有陈先发、罗巴、张岩松、叶匡正等一批优秀的诗人。后来有杨键、庞培等外地诗人加盟，经常与凤鸣往来。凤鸣为人热情开朗，喜欢与人交往，常常在人群中听见他爽朗的笑声。1996年他在合肥组织了一次聚会，江苏诗人朱朱、韩雪、庞培和叶辉，杭州的潘维，马鞍山的杨键等，几乎云聚了当时江南才俊，与他后来主持的"合肥圣马——诗歌之夜"、"中国诗歌百年对话"等诗歌活动一脉相承。

　　凤鸣对艺术倾注了毕生心血，尤其在诗歌领域独辟蹊径，他在上世纪八十年代中期就意识到了中国乡村的纯粹与重要性，把乡土人文当作神灵对待。他那博大而悲悯的情怀，对童年乡村的追忆，还有对泥土的真切的关爱，在诗歌创作中历历呈现，古老的乡村瞬间苏醒过来。其语言之纯朴，其想象力之丰富，其诗歌技巧之高超，多有无人企及之处。

哦，子夜，你漆黑的醇酒沐浴着山水
蓝色农庄，人影动荡
墙上灯火，鸟雀互不相认……这白墙
宛如高耸的即将崩塌的雪山——

窗口，转生此地的黄杨
早已衰弱，枝桠的铁划银钩间
静静飞过的是满月？还是朝阳

多少游子还阻隔在那边
多少面庞散落在波涛里
明年春天
玄红的大海上是否还有人转舵归来
——《初生之夜》（1993年）

二十一世纪初，随着加入WTO，中国席卷商业的浪潮。凤鸣进入安徽电视台社教部，从事《东方纪事》栏目编导工作十年，其中纪录片《我的小学》获得四川国际电视节"金熊猫"大奖。因为大环境的影响，加之工作繁忙，自此凤鸣中断了诗歌创作。当时房地产行业正蓬勃发展，我也于2003年重操旧业，回到建筑设计行业。我们各自忙着自己的事务，见面不多。2010年开始，凤鸣再次回到安徽省社科院工作，主要从事文艺评论、美术批评、当代艺术策展活动，兼合肥大地美术馆馆长，我应邀参观过一次"冷光源"的展览。他与艺术家黄震，画家洪凌、杨重光、陈宇飞打得火热，将诗意延续到了艺术领域。

2019年3月底凤鸣查出直肠癌，并且扩散至腹部，当时我正在北京总部开会，接到电话感到十分震惊。后去广州治疗，因癌症晚期治疗无效，于2020年1月25日逝世，终年五十六岁。凤鸣正值壮年，是他思想与艺术的成熟期。他的离去过于匆忙，我们始料未及，年迈的父母亲更是难以承受。时隔一年多，父亲终因伤心过度，于2021年12月10日仙逝。转瞬凤鸣离开我们快三年了，有时我宁愿相信凤鸣并没有离去，在春天复活，对我微笑，他依然坐在我们中间侃侃而谈。

一百个冬天踩着冰雪过去
旧年的河水又回到岸边
但我们永不会再见

有多少永恒的绵绵细沙知道
这生死的秘密
另一个世界无言的欢乐
——《河边》（1993年5月11日）

我是怎样步入这片仙境的？微风吹动草丛，我听见树林间簌簌的风声，还有远处鹁鸪鸟的叫声。午后的阳光垂落，抚过我的头顶，草地上有仙女在舞蹈，正如我们期盼的爱之降临，还有如母亲般熟识的安宁。我仿佛又回到我与凤鸣童年生活的地方。

2022 年夏于合肥